MAGMADRACHE

EIN PARANORMALER LIEBESROMAN

DRACHEN-MILLIARDÄRSIMPERIUM BUCH 1

JADA COX

BENTIN BOOKS, LLC

Magmadrache

Ein paranormaler Liebesroman

Drachen-Milliardärsimperium Buch 1

Jada Cox

Erstellt mit Vellum

1

MARISSA

Marissa war in einer brandneuen Stadt, mit einer brandneuen Praxis, und ihr brandneues Leben konnte losgehen.

Auch wenn ihre neue Wohnung etwas klein war, so war sie dennoch gemütlich. Eigentlich perfekt, da sie ohnehin keine Gäste haben würde – abgesehen von ihrer Mutter. Außerdem befand sie sich nur ein paar Blocks von ihrer allgemeinmedizinischen Praxis entfernt: Blackfall Innovation Health. Marissa schob einen der Umzugskartons über den Fliesenboden und stellte ihn an die Wand. Dann klopfte sie sich den Staub von den Händen.

„Darum kümmere ich mich später", sagte sie und faltete einen der anderen Kartons, den sie bereits geleert hatte, zusammen.

Aus ein paar der anderen Kisten holte sie die Gegenstände, die sie in ein paar Tagen für die Eröffnung ihrer Praxis brauchen würde. In erster Linie Bürobedarf – Ordner, einen Tacker, ihren Laptop und ein paar Süßigkeiten für ihre künftigen Patienten. Um die schwereren Dinge hatte sie sich bereits gekümmert. Vor etwa zwei Monaten hatte sie die alte Arztpraxis erworben, noch bevor sie nach Blackfall in Kalifornien gezogen war. Seitdem war ihr Leben nur darum gekreist.

Manche hielten sie für verrückt, nur eineinhalb Jahre nach ihrem Uni-Abschluss ihre eigene Praxis zu eröffnen. Aber Marissa hatte Großes vor. Seit sie die Uni verlassen hatte, hatte sie in diversen Arztpraxen gearbeitet, und natürlich hatte sie während ihres fast zehnjährigen Medizinstudiums viel Erfahrung gesammelt. Ihrer Meinung nach war das System am Ende und rückwärtsgewandt. Es brauchte frisches Blut sowie eine innovative Herangehensweise. Daher hatte sie so bald wie möglich ihren Traum verwirklichen wollen, so vielen Menschen zu helfen, wie sie nur konnte – sobald die Sterne günstig standen.

Und das taten sie nun.

Jetzt war sie in Blackfall und konnte ihr neues Leben beginnen.

Sie hätte sich auf etwas spezialisieren, vielleicht sogar eine Star-Chirurgin werden können. Aber Marissa wollte so vielen Menschen wie möglich helfen. Außerdem hatte es nicht geschadet, dass sie ihren Abschluss etwas früher gemacht hatte als ihre Kommilitonen. Sie hatte deutlich mehr Selbstvertrauen als diese und war sich sicher, dass sie ihren Traum würde erfüllen können, Menschen mit geringerem Einkommen, die sich die teuren OPs in den Krankenhäusern nicht leisten konnten, zu behandeln.

Sobald sie die Sachen fürs Büro vorbereitet und in eine Kiste gepackt hatte, schob sie sie zur Eingangstür. Morgen Früh würde sie sie auf dem Weg zu einer Ärzte-Konferenz in die Praxis bringen. Das war wirklich gutes Timing gewesen. Ursprünglich hatte Marissa geplant, die Praxis morgen zu eröffnen. Dann hatte sie von der „Innovative-Ärzte-Konferenz“ erfahren, kurz bevor sie umgezogen war, und beschlossen, die Eröffnung um einen Tag zu verschieben, damit sie teilnehmen könnte.

Marissa war bislang erst auf einer Ärztetagung gewesen, und zwar auf einer ziemlich langweiligen, auf der größtenteils alte Männer über die Herausforderungen in ihrem Fachgebiet gesprochen und kein Interesse an neuen, innovativen Lösungen gezeigt hatten. Danach hatte sie zu keiner mehr gehen wollen, da sie befürchtet hatte, dort würde sich das Gleiche abspielen. Und sie wusste, dass sie noch nicht genug Erfahrung hatte, um die alten Hasen von ihren Ideen zu überzeugen.

Aber bald würde sich das ändern. Bald würde sie ihnen zeigen, dass man allen Menschen auf der Welt mit etwas Innovation helfen könnte. Und zwar in jedem Bereich, nicht nur in der Medizin.

Diese Konferenz hatte allerdings das Wort „Innovation" im Titel, was Marissa hoffen ließ, dass sie anders sein würde. Laut der Angaben auf der Website war das hier erst die zweite Konferenz der Veranstalter, und diejenige vom vergangenen Jahr war ausgesprochen erfolgreich gewesen. Marissas Recherchen hatten ergeben, dass sie von einer Tech-Firma mit Sitz in Blackfall – InnoCell, einem erfolgreichen und im ganzen Land bekannten Unternehmen – organisiert wurde.

Bislang wusste sie nicht viel über InnoCell, außer, dass sie eine Menge Geld investierten, um Ärzten wie Marissa Mittel und Geräte zur Verfügung zu stellen, um anderen Menschen zu helfen. Das hatte ihr gereicht, um sich voller Elan anzumelden, und sie freute sich schon darauf zu hören, was sie zu sagen hatten.

Allerdings war das erst morgen, und heute ... Nun, sie sollte ihre Arbeit nicht als Vorwand benutzen, um sich davor zu drücken, ihre restlichen Habseligkeiten auszupacken. Aber sie konnte nicht anders: Sie war nun mal ein kleiner Workaholic. Als sie sich jedoch im leeren Flur, in dem nur die Kartons standen, sowie im größtenteils leeren Wohnzimmer und in der Küche umblickte, konnte sie kaum glauben, dass sie bereits seit zwei Wochen hier lebte.

Marissa seufzte und klemmte sich eine Strähne ihrer blonden Haare hinters Ohr. Morgen. Sie nahm sich vor, morgen mindestens zwei Kartons auszupacken.

Jetzt brauchte sie was zum Mittagessen. Sie ging an den Karton-Reihen vorbei in die Küche, aber als sie den Kühlschrank aufmachte, merkte sie, dass dessen Zustand dem ihrer Wohnung ähnelte: Darin befanden sich lediglich ein paar Gewürzflaschen, die den Umzug überlebt hatten. Sie war wirklich nicht gut darauf vorbereitet gewesen, in eine neue Wohnung zu ziehen.

„Dann bestelle ich mir etwas beim Thailänder", beschloss sie. „Man wird sich doch auch mal etwas gönnen dürfen, oder?"

Sie holte ihr Handy aus der Hosentasche. Morgen würde sie auch „Lebensmittel einkaufen" auf ihre To-do-Liste schreiben müssen; zumindest brauchte sie ein paar Grundnahrungsmittel.

Gerade als sie nach thailändischen Restaurants in der Gegend suchen wollte, surrte ihr Handy und „Mom" erschien auf dem Display. Marissa seufzte. Sie liebte ihre Mutter, aber manchmal konnte es etwas anstrengend mit ihr sein. Nach einem tiefen Atemzug beschloss sie, dass sie diesen Anruf annehmen musste, da sie alle anderen vergangene Woche ignoriert hatte.

„Hi, Mom, du erwischst mich in einem guten Moment."

„Gut, gut. Ich versuche schon seit ein paar Tagen, dich zu erreichen. Ich hätte gedacht, du wärst leichter an die

Strippe zu kriegen, jetzt wo du nicht arbeitest!", lachte ihre Mutter Laura.

„Du weißt doch, wie es ist – neue Stadt, der Umzug. All das war sehr anstrengend. Und man kann auch nicht behaupten, dass ich nicht gearbeitet hätte, Mom. Zwar habe ich momentan keine Patienten, klar, aber ich musste die Praxis einrichten, Bewerber für die Stelle als Sprechstundenhilfe interviewen, Werbung und den ganzen Verwaltungskram machen. Das ist sehr zeitraubend."

„Ich weiß, ich weiß. Du arbeitest zu viel, Liebes. Wie sollst du da einen Ehemann finden, wenn du nicht mal einen Gang runterschaltest?"

Dieses Thema schon wieder! Marissa unterdrückte einen weiteren Seufzer. Bislang hatte sie es vermieden, darüber zu sprechen, und die Uni immer als Vorwand genommen. Ihre Mutter hätte es nicht gewagt, Marissas Studium und das Geld, das es gekostet hatte, zu riskieren, indem sich diese zu sehr auf einen Mann konzentrierte. Aber seit über einem Jahr war sie aus der Uni raus, und ihre Mutter brachte das Thema „Ehemann" wieder zur Sprache.

„Deinen Bruder kann ich vergessen, von ihm werde ich nie Enkelkinder bekommen", fuhr Laura seufzend fort. „Du musst das tun. Ich kann mich auf niemanden sonst verlassen."

Marissa schloss die Augen und fuhr sich mit der Hand über die Stirn. „Ich weiß, Mom. Aber ich bin glücklich mit meiner neuen Praxis und meiner Arbeit. Mir ist es wichtiger, Menschen zu helfen, als auf Ehemann-Jagd zu gehen."

„Sei nicht so, Liebes. Wir leben nicht mehr in einer Zeit, in der man sich zwischen dem Muttersein und seinem Beruf entscheiden muss. Das hast du mir allein in den vergangenen zwei Jahren an die dreißig Mal gesagt. Du musst einfach nur den Richtigen finden. Aber der fällt dir nicht einfach so in den Schoß. Du musst schon ein wenig suchen.“

Was Marissa ihrer Mutter nicht sagen konnte, war, dass sie gar keinen Mann und keine Familie *wollte*. Das lag zum Teil daran, wie schrecklich es mit ihren Eltern und ihrer Familie ausgegangen war. Marissas Vater war fast nie da gewesen. Und wenn er dann doch einmal anwesend war, hatte Marissa keine Ahnung gehabt, ob er länger bleiben oder gleich wieder verschwinden würde. Um sie und ihren jüngeren Bruder hatte er sich nie wirklich gekümmert. Das Einzige, was ihn interessiert hatte, war Laura gewesen.

In seiner Gegenwart hatte es dann für Laura nur sie selbst und Hank gegeben.

„Ich habe wirklich kein Interesse an einem Mann, Mom. Besonders jetzt nicht“, erwiderte Marissa. „Vielleicht finde ich später jemanden, aber momentan möchte ich den Grundstein für meine Karriere legen.“

„Du interessierst dich also nicht für mich und meine Wünsche? Ich will doch nur das, was am besten für dich ist, Rissa, Liebes, denk immer daran. Denk an all die Opfer, die ich gebracht habe, damit du an die Uni gehen kannst. Das Mindeste, was du tun könntest, ist, offen für den richtigen Mann zu sein, wenn er dann mal in dein Leben tritt. Ist das zu viel verlangt?“

Ja! Hätte Marissa am liebsten geschrien, aber sie wusste, dass Laura das nicht verstehen würde. Das tat sie nie. Immer drehten sich die beiden nur im Kreis, wenn es darum ging, wie viel Laura für Marissa geopfert hatte, dass ihre Tochter ihre einzige Hoffnung auf eine richtige Familie war ... Der Druck war einfach zu hoch. Diskussionen wie *diese* waren der Grund, warum Cory, Marissas jüngerer Bruder, seine Mutter nicht mehr so oft besuchte. Und nicht, weil er verrückt geworden war, wie Laura gern behauptete.

„Ich werde darüber nachdenken, aber ich kann dir nichts versprechen, ja? Ich muss dafür sorgen, dass deine ganzen Opfer, die Zeit und das Geld, das du für meine Ausbildung investiert hast, nicht vergeudet werden, dass ich mir etwas Gutes und Sicheres aufbaue. Das würde einen künftigen Ehemann doch anlocken, oder?", fragte Marissa und meinte das eher im Scherz.

Laura behauptete gern, dass sie Marissa das Studium finanziert hatte. Allerdings hatte sie in den vergangenen zehn Jahren lediglich hier und da ein paar Hundert Dollar beigesteuert. Marissa nahm es ihrer Mutter nicht übel, dass sie wegen ihres Studiums so viele Schulden hatte anhäufen müssen, denn ihre Ausbildung hatte sie sich größtenteils mithilfe von Stipendien sowie weiteren Hilfen finanzieren müssen. Aber es nervte, dass Laura der Meinung war, *sie* hätte alles bezahlt. Mittlerweile hatte sich Marissa jedoch daran gewöhnt.

„Stimmt. Du hast natürlich recht. Bau dir zunächst etwas auf, und dann kommen auch die Angebote von potenziellen Ehemännern", stimmte ihr Laura zu. „Du bist so ein kluges Mädchen."

Scheinbar war ihr Marissas sarkastischer Unterton entgangen. Marissas Magen knurrte, und sie rieb sich den Bauch. Ihr war gar nicht klar gewesen, wie hungrig sie war, und nun bereute sie es, den Anruf ihrer Mutter entgegengenommen zu haben, anstatt Essen zu bestellen.

„Wie dem auch sei, über dieses Thema können wir ausführlicher sprechen, wenn ich dich nächste Woche besuche. Bestimmt finde ich einen Weg, damit du den besten Kandida..."

„Nächste Woche? Was soll das heißen?"

Laura lachte. „Habe ich vergessen, es dir zu sagen, Liebes? Nächste Woche besuche ich dich in Blackfall. Ich weiß, dass du ein Gästezimmer hast, also hatte ich vorgehabt, über Nacht zu bleiben. Aber Hank hat sich vor Kurzem gemeldet, daher habe ich nur Zeit für ein Mittagessen. Ich hoffe, das ist okay."

„Das ist in Ordnung, Mom." Marissa war überrascht festzustellen, dass das spontane Kommen und Gehen ihres Vaters doch auch sein Gutes haben konnte.

„Aber ich möchte unbedingt deine neue Wohnung sehen. Hast du dich schon eingelebt? Die Fotos aus der Anzeige waren toll."

„Ich habe mich schon ...", Marissa biss sich auf die Unterlippe und sah sich wieder in der leeren Küche und dem ebenso leeren Wohnzimmer um, „gut eingelebt, Mom."

„Du hast noch gar nicht alle Kisten ausgepackt, oder?", lachte Laura und schaffte es dabei, sowohl liebevoll als auch völlig unausstehlich zu klingen. „Im Ernst, Liebes, manchmal habe ich den Eindruck, du wärst nicht meine Tochter. Du lebst doch schon bereits seit zwei Wochen dort! Du bemühst dich noch nicht einmal. Wie soll ich dir dann vertrauen, dass du dein Versprechen wahr machst und dich nach einem Ehemann umsiehst, wenn du noch nicht einmal deine Umzugskartons auspacken kannst?"

„Ich habe dir noch *gar* nichts versprochen, Mom. Kannst du jetzt bitte damit aufhören? Ich habe momentan nicht vor, mich auf eine Beziehung einzulassen, egal wie oft du mir sagst, dass es an der Zeit wäre!", rief Marissa. „Das ist mein Leben, und ich lebe es so, wie ich will. Ich bin glücklich, und ich liebe meinen Beruf. Zählt das denn gar nicht?"

Laura seufzte wieder melodramatisch. „Doch, natürlich, Liebes. Ich lass dich jetzt in Ruhe, damit du dein Take-out-Essen auf dem Fußboden deines Wohnzimmers essen kannst, allein. Und wir reden nächste Woche. Bis dann!"

„Mach's gut, Mom." Marissa drückte, so fest sie konnte, auf den *Auflegen*-Knopf auf ihrem Display.

Sie liebte ihre Mutter, aber sie wünschte sich sehnlichst, dass sie eine ganz normale Mutter-Tochter-Beziehung haben könnten. Warum ging es in ihren Gesprächen immer nur um Babys und Männer? Warum konnten sie nicht über etwas anderes sprechen, *irgendetwas* anderes?

Marissa seufzte, und für kurze Zeit nahm ihre Frustration über Lauras ständige Nörgeleien, dass Marissa endlich einen Ehemann finden müsste, Überhand. Sie schritt nervös entlang der leeren Küchentheke auf und ab und ließ ihre Wut auf dem Fußboden aus.

Schließlich holte sie tief Luft und bestellte ihr Thai-Essen. Dabei schämte sie sich ein klein wenig, dass ihre Mutter genau beschrieben hatte, wie sie ihren Abend verbringen würde. Nämlich damit, dass sie allein Take-out-Essen auf dem Fußboden aß und schlecht gemachte romantische Komödien auf ihrem Laptop ansah. Das tat sie nun mal jeden Abend. Warum stellte Laura das immer als etwas Schlechtes dar?

Aber während Marissa, eingekuschelt in ihre Lieblingsdecke, auf dem Boden sitzend aß und nach einem Film suchte ... spürte sie ein nagendes Gefühl in ihrem Inneren, dass ihre Mutter vielleicht doch recht haben könnte: Es war an der Zeit, nach jemandem zu suchen, mit dem sie ihr Leben würde teilen können.

Marissa schob dieses Gefühl beiseite und drückte stattdessen auf *Abspielen*: Das galt sowohl für den Film auf ihrem Laptop als auch für das nächste Kapitel in ihrem neuen Leben.

2

DANNY

Ein neuer Tag, und wieder ein prall gefüllter Terminkalender. Danny rückte den Kragen seines eng anliegenden Hemdes gerade, glättete seine Krawatte und drehte die Ärmelaufschläge seines schwarzen Sakkos, sodass die silbernen Drachen-Manschetten, die er für sich und die anderen InnoCell-Manager auf Maß hatte anfertigen lassen, zu sehen waren. Brandneu, und die perfekte Ergänzung für ein formales Outfit.

In Dannys Augen enthüllten diese Manschettenknöpfe der Welt seine wahre Identität sowie diejenige seiner Freunde aufs Subtilste. So weit hatten sie sich noch nie hinausgewagt. Es war eine zarte Andeutung der animalischen Natur, die Danny und die anderen während der Zeit, in der sie von der Menschenwelt gesehen werden konnten, im Zaum hielten.

Der Vorhang neben Danny bewegte sich, und eine Frau steckte den Kopf hindurch. „Sie sind in fünf Minuten dran."

Danny gab ihr ein Daumen-hoch und trat näher an die Bühne heran. Vor Publikum zu sprechen war eines seiner Talente. Er liebte es, die Aufmerksamkeit von Hunderten oder Tausenden von Leuten auf sich zu spüren. Außerdem hatte er den Dreh raus, wie er sie für sich gewinnen konnte. Nun, „den Dreh raushaben" war vielleicht nicht der richtige Ausdruck dafür.

Jenseits des Vorhangs applaudierte die Menge, die gekommen war, um seiner Vorstellung der neuesten Erfindung von InnoCell beizuwohnen.

„Gut, gut ... Ich weiß, dass Sie alle nur höflich sein wollen", sagte der Mann auf der Bühne, und das Publikum lachte. Er war einer der anderen Erfinder, die Danny persönlich zur Konferenz eingeladen hatte. „Wir alle wissen, wen sie *eigentlich* sehen wollen. Bitte heißen Sie Danny Langton, den CEO von InnoCell, willkommen. Er wird Ihnen etwas ganz Besonderes vorstellen, das er und sein Team ausgetüftelt haben."

Danny schob den Vorhang beiseite und schritt auf die Bühne, als wäre es seine, denn, nun ja, es war *seine*. Und das Publikum jubelte und applaudierte. Die Begrüßung war stürmischer, als man es von Ärzten und medizinischem Personal auf einer derartigen Konferenz erwarten würde. Aber das hier war nicht irgendeine Konferenz, und er war nicht irgendein Redner.

Er war Danny Langton. CEO von InnoCell. Einer der reichsten Männer der Welt. Einer der genialsten Männer der Welt.

Und ein Drachen-Gestaltwandler.

Den Dreh raushaben war wirklich der falsche Ausdruck für das, was Danny mit Zuschauern machte. Denn als er auf diese Bühne trat, kribbelten seine Fingerspitzen, als die Aufmerksamkeit des Publikums durch ihn hindurch pulsierte. Ein leises Surren bildete sich in seiner Kehle, so leise, dass nur er es hören konnte: pure Magie.

Um genau zu sein, war Danny Langton ein Magma-

Drache. Jemand, der sich die Energie und die Leidenschaft von Menschen – das Feuer in ihren Herzen – zunutze machen und es gegen sie verwenden konnte. Nicht auf schändliche Weise, so funktionierte seine Magie nicht. Aber sie konnte das, was die Leute von ihm hielten, noch verstärken, oder sie davon überzeugen, ihn zu mögen.

Er ging zur Mitte der Bühne, den Blick auf seine Füße gerichtet, damit er die Magie in seinen Händen und Füßen bündeln konnte. Und dann sah er auf in all die gierigen Gesichter der Leute, die hören wollten, was er zu sagen hatte.

„Ärzte gehören zu den am härtesten arbeitenden Menschen, die ich kenne“, hob Danny an. „Mein Vater war Unfallchirurg und hat jeden Tag Menschenleben gerettet. Insgesamt hat er Tausenden von Leuten geholfen. Tausenden. Und wie viele hat er verloren? Nun ja … er würde sagen, dass selbst ein Mensch einer zu viel war.“

Das Publikum lachte.

Danny lächelte und schritt über die Bühne, erfasste die Aufmerksamkeit der Zuschauer mit seinen Händen, trieb seine Magie in die Menge und zog sie in den Bann, um seiner Ankündigung zu lauschen. In der ersten Reihe sah er eine wunderschöne, blonde Frau in einem grauen Businesskostüm sitzen. Sie sah ihn interessiert an, hatte aber nicht diesen entrückten, anhimmelnden Ausdruck im Gesicht, den diejenigen aufwiesen, die von seiner Magie berührt waren. Er bewegte noch mehr davon durch die Luft, in ihre Richtung, und fuhr fort.

„Wie viele Ärzte, so glaubte auch mein Vater tief in seinem Inneren, dass er für jedes Leben, das auf seinem OP-Tisch landete, verantwortlich war. Wenn er eines mal nicht retten konnte, gab er sich die Schuld, auch wenn es gar nicht seine Schuld gewesen war. Oftmals … hatte es schlichtweg nichts gegeben, was man hätte tun können. Es fehlte an technischen Errungenschaften. Die Diagnoseinstrumente waren nie gut genug, um wirklich alles erkennen zu können. Also starben die Menschen."

Er hielt inne, sodass sich alle den Tod bewusst machen konnten. „Ich fürchte, ich kann Ihnen heute nicht das Heilmittel für Krebs präsentieren. Oder wie man Menschen zurück ins Leben holt." Wieder lachte das Publikum. „Aber was ich Ihnen heute zeigen möchte, ist etwas, das mir sehr am Herzen liegt. Ein Gerät, das, wenn ein kundiger Arzt es bedient, die Leben derjenigen retten kann, die in der Vergangenheit von Ärzten wie meinem Vater nicht gerettet werden konnten."

Danny schob die Hand in die Hosentasche und holte ein schmales, ovales Gerät heraus. Es war komplett durchsichtig, wie Glas, und extrem leicht. „Das hier, mein verehrtes Publikum, ist InnoCells neueste Erfindung: der Lifesaver. Ein leistungsstarkes, kompaktes, topmodernes Diagnosegerät für alle medizinischen Bereiche."

Die riesige Leinwand hinter ihm schaltete sich flackernd an und zeigte ein größeres Bild des gläsernen Apparats. Wieder applaudierte die Menge. Danny ließ ihnen kurz Zeit, um sich zu beruhigen, und fuhr dann fort.

„Vorbei sind die Tage von Fehldiagnosen, mangelnden Informationen und monatelangen Tests und Tomografien. Mit dem Lifesaver muss der Arzt dieses Gerät lediglich auf eine Vene drücken – in der Regel am Handgelenk oder am Hals, als ob man den Puls fühlen wollte – und es macht sofort einen Schnappschuss der Vitalwerte des Patienten. Außerdem entnimmt es eine mikroskopisch kleine DNA-Probe. Lassen Sie mich eine Voruntersuchung an mir selbst für Sie vorführen."

Danny hielt sich das Gerät ans Handgelenk. Ein roter

Kreis erschien auf dem Display und machte eine volle Umdrehung. Dann piepste es und zeigte ein Diagramm mit seinen Körperwerten sowie weiterer wichtiger Informationen: Wann er das letzte Mal geschlafen hatte – er war vor sechs Stunden aufgewacht, nachdem er sechs geschlafen hatte –, was er zu sich genommen hatte, seinen Herzschlag und weitere Parameter. Auffallend war, dass ein Teil die Arznei- und Rauschmittel in seinem System anzeigte. Aber bei Danny erschien lediglich *Koffein*, denn anders als andere Milliardäre nahm er weder Drogen noch Medikamente zu sich. Ganz unten am Bildschirm war eine Taste mit dem Befehl „Diagnose starten".

„Diese Informationen sowie weitere sind lediglich durch eine Berührung erhältlich, aber es ist die Diagnose, bei der das Gerät wirklich zeigt, was es kann." Er drückte auf die Taste, und der rote Kreis erschien und listete mögliche Gesundheitsprobleme auf:

1. Skoliose (58 Prozent – patrilineal)
2. Kurzsichtigkeit (45 Prozent – patrilineal)
3. Herzrhythmusstörungen (22 Prozent – patrilinear)

... und so weiter.

„Ah ... Wie Sie sehen können, habe ich die meisten meiner potenziellen Gesundheitsprobleme von meinem alten Herrn", sagte Danny. „Habe ich recht, liebe Ärztinnen und Ärzte?"

Das Publikum lachte erneut, und Danny war froh, dass es sich so einfach einnehmen ließ. Auf diese Weise würde keiner infrage stellen, warum seine genetisch bedingten Gesundheitsprobleme hauptsächlich von seinem Vater kommen sollten. Das lag daran, dass Danny seine Drachennatur von seiner Mutter geerbt hatte, wie sich stets bester Gesundheit erfreut hatte. Tatsächlich war diese ganze Liste falsch, denn Danny war kein Mensch und wurde, ebenso wie alle anderen Gestaltwandler, niemals krank. Die Liste basierte auf seinem momentanen Lebensstil und Arbeitsrhythmus, plus einigen Dingen, die er von seinem Vater geerbt hätte. Wenn er sich klüger angestellt hätte, hätte er auch etwas von seiner mütterlichen Erblinie reingestreut, auch wenn es falsch gewesen wäre. Ach, egal. Auch wenn diese Liste nicht stimmte, so funktionierte das Gerät für jeden normalen Menschen genau, wie er es beschrieben hatte.

Die blonde Frau in der ersten Reihe verschränkte die Arme und runzelte die Stirn. Sie sah alles andere als beeindruckt aus. Aus irgendeinem Grund schien Dannys Magie bei ihr nicht zu wirken. Das passierte bisweilen, da er Leute nicht davon überzeugen konnte, an etwas zu glauben, das sie ablehnten. Aber zumindest schaffte er es in der Regel, sie davon abzuhalten, ihm Ärger zu bereiten. Er sandte noch mehr Magie in ihre Richtung.

„Das hier ist ein kleiner Schnappschuss möglicher Probleme eines Patienten, stellt allerdings nicht die volle Leistung des Geräts dar. Mithilfe dieses Bildschirms können wir auch nach Symptomen suchen, die er kürzlich erlitten hat. Der Lifesaver wird, basierend auf den Informationen der ersten Analyse, zudem nach möglichen Verbindungen zu aktuellen, künftigen oder sich in der Entwicklung befindlichen Beschwerden suchen“, fuhr Danny fort. Er tippte „Lidzucken“ in die Suchleiste. „In diesem Fall kommt nächtliches Lidzucken höchstwahrscheinlich daher, dass ich zu lange auf einen Bildschirm gestarrt habe, bedingt durch meine vorhandene Kurzsichtigkeit. Vermutlich muss ich auch meinen Kaffeekonsum reduzieren.“

Danny schaltete das Gerät aus. „Das hier ist lediglich ein kurzer Überblick dessen, wozu der Lifesaver in der Lage ist. Stellen Sie sich das mal vor: Ärzte können lebensbedrohliche Verletzungen exakt lokalisieren und können sofort operieren, weil sie genau wissen, was sie tun. Das Gerät ermöglicht Ihnen, Krebs sowie weitere bedrohliche Krankheiten rechtzeitig zu diagnostizieren, tausendmal besser als derzeit verfügbare Technologien. Man kann Toxine oder toxische Substanzen im Nu erkennen und potenzielle neurologische Erkrankungen wie Epilepsie oder Alzheimer, noch bevor sie Symptome zeigen." Er hielt den Lifesaver hoch. „Das hier ist der erste Schritt in eine Zukunft, in der wir das Leben eines jeden werden retten können, der ins Krankenhaus eingeliefert wird. Aber auch Hausärzte profitieren in Ihrer täglichen Praxis von diesem Diagnosegerät mit höchster Präzision. Vielen Dank fürs Zuhören. Gerne beantworte ich Ihre Fragen."

Danny blickte auf die Frau in der ersten Reihe. Sie sah nicht sonderlich beschwichtigt aus, machte aber keine Anstalten, Dannys Aussagen zu widersprechen. Sie verunsicherte ihn, und gleichzeitig fühlte er sich unwiderstehlich zu ihr hingezogen. Nur wenige widerstanden seinem Charme und seiner Magie mit solch einer Vehemenz.

Er deutete auf die erste erhobene Hand, einem Mann zu seiner Linken.

„Wann wird der Lifesaver erhältlich sein, und wie hoch schätzen Sie die Kosten für Ärzte ein?", fragte der Mann.

„Eine gute Frage." Danny schritt über die Bühne, näher an ihn heran und weg von der Frau, die ihn so in ihren Bann zog. „Gerade feilen wir an den restlichen Macken in der Programmierung. Innerhalb einer Woche sollte das finale Modell fertig sein. Unser Verkaufsstart ist auf den 1. August festgesetzt, also in nur einem Monat. Und was den Preis betrifft ..." Danny musste unvermittelt zu der Frau hinübersehen, als er weitersprach. „Die meisten Geräte werden wir zum Herstellungspreis verkaufen – 200 Dollar."

Die Frau schnaubte verächtlich, was Danny sehr verunsicherte.

„Irgendwann jedoch", fuhr er fort, „möchten wir sie deutlich günstiger produzieren und sie für so gut wie gar kein Geld weltweit vertreiben – oder, idealerweise, gratis. Das Lifesaver-Projekt haben wir hier bei InnoCell aufgrund unseres Bestrebens entwickelt, Leben zu retten und die Gesundheit und das Wohlbefinden unserer Mitmenschen zu stärken. Wir möchten daraus keinen Profit schlagen. Wir bei InnoCell haben uns in der Geschäftswelt etabliert und auf dem Weg dorthin viel Unterstützung bekommen. Das hier ist eine Möglichkeit für uns, uns dafür zu revanchieren."

Der Mann lächelte strahlend und kehrte zu seinem Platz zurück. Weitere hundert Hände schossen in die Höhe, und Danny wollte schon eine Frau ganz hinten aufrufen. Da hob die blonde Frau in der ersten Reihe ganz langsam ihre Hand. Danny hielt inne und sah sie direkt an. Ihre Blicke begegneten sich, und einen Augenblick lang verlor er sich in dem funkelnden Smaragdgrün ihrer Augen.

Sie auszuwählen war keine gute Idee. Er wusste, dass er keine Fragen von jemandem annehmen sollte, der nicht unter seinem Einfluss stand. Aber sie hatte etwas so Mysteriöses an sich, etwas Unerklärliches. Danny musste wissen, was sie zu sagen hatte. Er deutete auf sie.

„Danke, Mr. Langton, dass Sie und InnoCell es sich zum Ziel gesetzt haben, uns Ärzte zu unterstützen. Die Geschichte von Ihrem Vater war sehr berührend", sagte die Frau. Sie klang aufrichtig, dennoch konnte Danny einen leicht sarkastischen Unterton in ihrer Stimme ausmachen. „Sie haben viel darüber gesprochen, was der Lifesaver alles kann. Und verstehen Sie mich nicht falsch, wenn er so funktioniert, wie Sie sagen, wird er Millionen von Menschen helfen können. Allerdings haben Sie nicht erwähnt, *wie* er macht, was er macht. Wie ist solch eine Technik möglich? Welche wissenschaftlichen Zusammenhänge stecken dahinter?“

„Dankeschön, Miss …“

„Dr. DeNils.“

Danny lächelte, und zwar keines seiner gespielten Lächeln, die er an den Tag legte, um seine charmante, allseits beliebte Fassade zu untermalen, sondern ein authentisches. Trotz Dr. DeNils’ Versuch, an Dannys und InnoCells Entwicklung herumzunörgeln, fühlte er sich zu ihr und ihrer Hartnäckigkeit hingezogen. Noch nie hatte ihm jemand so sehr widerstanden. Egal, wie viel Magie er in ihre Richtung sandte, sie zeigte keine Wirkung. Sein Charme prallte einfach an ihr ab. Vielleicht war sie dagegen *immun*.

„Und danke Ihnen, Dr. DeNils, für Ihre wohlüberlegte Frage“, erwiderte Danny. „Leider haben wir jetzt nicht die Zeit, um ganz genau über die Funktionsweise des Lifesavers zu sprechen. Aber die Analyse findet anhand der DNA-Probe statt, die der Lifesaver bei der Kontaktaufnahme entnimmt. Indem er die DNA aus mikroskopisch kleinen Zellproben der Haut analysiert – in Kombination mit der Körpertemperatur, dem Puls und vielem mehr –, erstellt der Lifesaver ein Gesundheitsprofil für jeden Patienten.“

Danny war nicht wirklich der Richtige, um die Funktionsweise des Lifesavers zu erklären. Das müssten die Erfinder des Geräts tun, Michael, Troy und Evan. Alles, was Danny wusste, war, dass die ganze Technik und Wissenschaft dahinter genug Sinn ergab, dass die Menschen die Wahrheit niemals herausfinden würden: Der Lifesaver basierte im Kern auf Magie. Niemand außerhalb der Firma würde dieses Geheimnis jemals entschlüsseln können.

Diese Tatsache war unter Bergen von Unterlagen, rechtlichen Prinzipien und Patenten begraben. Und wenn jemand keine Ahnung von Magie hatte, würde er diese hinter all den Aspekten, die Menschen für ein derartiges Gerät entwickeln würden, niemals herausfinden. Diese wichtigen Aspekte hatten er und sein Stellvertreter und bester Freund, Michael Koff, in jahrelanger Arbeit ausgetüftelt.

„Ein derart detailliertes Profil anhand von Informationen zu erstellen, die man innerhalb weniger Sekunden erhalten hat, ist höchst fragwürdig und birgt die Gefahr von Fehldiagnosen“, sagte Dr. DeNils. „Ich bin dankbar für jedes Gerät, das uns die tägliche, schwere Arbeit in der Praxis erleichtert, aber nicht, wenn dieses Gerät eher zu Fehldiagnosen führt als unsere etablierten Methoden. Davon hängen Menschenleben ab.“

„Nach jahrelangen Tests und über 35.000 Probanden“, hob Danny an, „konnten wir die Genauigkeit des Lifesaver Diagnose-Geräts ohne jeden Zweifel auf 100 Prozent beziffern. Es gab nie eine Fehldiagnose.“

Das Publikum fing an zu raunen, und einige stellten Fragen zu dieser Aussage. Ihre Aufgeregtheit erfüllte den Raum. Dannys Assistentin bedeutete ihm, dass er den Auftritt beenden sollte. Das wollte er gerne tun. Nicht wegen des Chaos, das nach seiner Behauptung, der Lifesaver wäre unfehlbar, ausgebrochen war, sondern weil er allein mit Dr. DeNils sprechen wollte, um mehr über sie zu erfahren.

Zunächst einmal wollte er sie gerne mit Vornamen ansprechen.

„Unsere Zeit ist leider um. Einen herzlichen Dank für Ihr Kommen. Und viel Spaß auf der Konferenz!“, rief Danny, winkte und verschwand dann hinter dem Vorhang.

Ein Dutzend Leute stürmten alle auf einmal auf ihn zu

und bombardierten ihn mit Fragen und Ideen über die Konferenz und den Lifesaver.

„Das reicht", sagte er schließlich, nachdem sie fünf Minuten geplaudert hatten. Er hatte ihn kaum zuhören können, da er unbedingt in den Saal zurückkehren und nach Dr. DeNils suchen wollte.

„Warten Sie, Mr. Langton! Sie müssen in fünfzehn Minuten im Großen Konferenzsaal sein", rief seine Assistentin.

„Kein Problem, ich werde ihn zehn Minuten zurück sein."

Und weg war er und verschwand unbemerkt im Saal. Es war nicht so, dass er sich irgendwie verkleidet hätte, sondern es lag daran, wie viel Magie er gerade verwendete. So konnte er die Leute, die ihn sahen, davon überzeugen, dass er einfach irgendjemand war. Gleichzeitig war noch genug Magie im Raum, dass Danny sehen konnte, wie er jede Ecke und jedes Molekül darin mit ihr ausfüllte.

Bis auf ein riesiges, klaffendes Loch. Und das musste Dr. DeNils sein.

Er schob sich zwischen der Menge hindurch zu diesem Punkt des Nichts, der seiner Magie widerstand. Was war sie? Auch eine Gestaltwandlerin? Nein, das war eher unwahrscheinlich, denn davon gab es nur sehr wenige. Außerdem funktionierte seine Magie normalerweise auch bei Gestaltwandlern, solange sie nicht wussten, woher seine Kräfte kamen. Auf diese Weise konnten sie ihnen nicht widerstehen.

Danny schob sich durch die Leute hindurch und sah Dr. DeNils vor sich. Sie schritt mit dem Rücken zu ihm und mit einem unglaublich sexy Selbstvertrauen aus dem Saal in den Hauptbereich der Konferenz. Sie war deutlich zierlicher, als er erwartet hatte, und aus dieser Nähe konnte er sehen, wie sich ihr Kostüm an ihren Körper schmiegte, wie ihr Rock ihre Hüften umspielte, und ihr Hintern …

Er räusperte sich. „Dr. DeNils."

Sie drehte sich mit einem überraschten Ausdruck im Gesicht um. „Mr. Langton, ich hätte nicht erwartet, dass jemand wie Sie mir hinterherläuft. Wie kann ich Ihnen helfen?"

„Kommt es öfter vor, dass Männer Ihnen an solchen Orten nachlaufen?" Danny zog neugierig die Augenbrauen hoch.

Sie grinste. „Nein, die meisten Männer rennen in die entgegengesetzte Richtung, sobald ich Wissenschaft und Statistiken erwähnen. Genau wie Sie vorhin, als Sie meiner Frage nach den wissenschaftlichen Zusammenhängen des Lifesavers ausgewichen sind, Mr. Langton."

„Bitte nennen Sie mich Danny." Er ahmte ihr nonchalantes Grinsen nach und beugte sich ein klein wenig nach vorne. Aus Gewohnheit holte er etwas von seiner Magie hervor, um sie zu umgarnen, aber die Energie prallte ab und zu ihm zurück. Ihm blieb nur sein eigener Charme. „Warum interessieren Sie all diese Einzelheiten, solange er funktioniert und kein Risiko besteht?"

Da die Magie fehlte, die Danny normalerweise mit anderen Leuten verband, spürte er etwas anderes zwischen sich und der zierlichen Ärztin. Ein Funken von etwas Neuem, etwas Echtem. Heiß und temperamentvoll. Am liebsten hätte er sie in ein abgelegenes Zimmer mitgenommen und mit ihr gespielt, bis sie ihm ihren vollen Namen verraten hätte.

„Wenn Sie erwarten, dass intelligente Menschen sich damit zufriedengeben, nur weil Sie *sagen*, dass etwas funktioniert, dann sollten Sie das noch mal überdenken. In der Menschheitsgeschichte hat es schon viel zu viele Fehltritte gegeben, nur, weil man der Aussage eines anderen geglaubt hat. Die Ärztegemeinschaft wird so etwas nicht akzeptieren."

„Im Gegenteil", entgegnete Danny und zwinkerte. „Die sahen alle ziemlich beeindruckt aus."

Dr. DeNils stieß ein verächtliches Schnauben aus, drehte sich und wollte davonstapfen. Genau das Gegenteil dessen, was Danny beabsichtigt hatte. Er lief ihr nach.

„Hey, ich habe nur Spaß gemacht." Er holte eine Visitenkarte – diejenige mit seiner Handynummer darauf – hervor und hielt sie ihr hin. „Sie möchten über die Einzelheiten sprechen? Das können wir bei einem Drink tun. Ich bewundere Frauen wie Sie, die den Mut haben, Fragen zu stellen, da sie den wahren Ursachen auf den Grund gehen wollen."

Sie starrte auf die Visitenkarte und ihre hübschen, rosa Lippen verzogen sich auf entzückende Weise. Danny hätte am liebsten mit den Fingerspitzen darübergestrichen und sie dazu gebracht, unanständige Dinge zu äußern und zu tun.

„Ich gehe nicht auf derartige Konferenzen, um zu *flirten*, Mr. Langton", sagte sie. „Ich bin hierhergekommen, um meine Arbeit zum Wohl meiner Patienten zu verbessern, und für das Wohl der gesamten Ärzteschaft. Wenn es Ihre Absicht ist, auf Ihrer riesigen Bühne zu stehen und tolle Geräte zu präsentieren, um Frauen aufzureißen, anstatt anderen Menschen zu *helfen*, dann …"

Danny hob beschwichtigend die Hände hoch. „Langsam, langsam. Ich *versuche*, Leuten zu helfen, Frau Doktor. Nur, weil ich nicht gewillt bin, die Geheimnisse der größten Errungenschaft meiner Firma vor einem großen Publikum zu enthüllen, mindert das nicht unsere Errungenschaften oder die Leistung dieses erstaunlichen Geräts, das wir entwickelt haben." Er holte eine kleine Schachtel aus seiner

Gesäßtasche und steckte die Demo-Version des Lifesavers – zusammen mit seiner Visitenkarte – hinein. Er hielt ihr die Schachtel hin. „Vielleicht sollten Sie es ausprobieren, bevor Sie ihr Urteil fällen."

Dr. DeNils starrte auf die kleine Schachtel. Dann streckte sie zögernd die Hand danach aus. Bevor sie sie nahm, hielt sie inne. „Meinen Sie das ernst? Ich kann es ausprobieren?"

„Natürlich. Nehmen Sie es mit nach Hause und probieren Sie es aus. Sobald Sie das getan haben, werden Sie davon überzeugt sein, da bin ich mir sicher." Danny hielt sich zurück und sagte ihr nicht, wie gerne er diverse *andere* Dinge mit ihr ausprobiert hätte. „Und wer weiß? Vielleicht ändern Sie Ihre Meinung, und dann können Sie mich anrufen."

Sie verabschiedete sich und ging in die entgegengesetzte Richtung von Dannys nächstem Termin, für den er bereits zu spät dran war. Er sah ihr nach und war sich der Lücke in seiner Magie schmerzlich bewusst, dem Signal für ihre Anwesenheit, bis sie verschwunden war. Er konnte ihr nicht nachlaufen, egal wie gerne er das auch getan hätte. Er konnte lediglich hoffen, dass sie darüber nachdenken würde und er irgendwann Gelegenheit hätte, sie wiederzusehen.

3

MARISSA

Der Alarm surrte und Marissa glättete ihren reinweißen Arztkittel, verließ ihr Büro und überquerte den Flur. Sie betrat eines der beiden Zimmer, in dem ihr nächster Patient saß. Momentan musste sie alles selbst machen, da sie noch keine Sprechstundenhilfe hatte einstellen können. Das würde sie jedoch bald nachholen müssen, denn ihr Terminkalender war bereits voll, sodass sie dringend Hilfe brauchte.

In dem hellgrünen Stuhl ihr gegenüber saß ein Mann mit dunklen Haaren, durchzogen von grau-weißen Strähnen. Tiefe Krähenfüße gruben sich um seine Augen, und er hatte einen ernsten Ausdruck im Gesicht.

„Guten Morgen, Harold, ich bin Dr. DeNils. Wie kann ich Ihnen helfen?", fragte sie und setzte sich an ihren Schreibtisch.

„Ich fühle mich in letzter Zeit nicht so gut."

Sie hob die Augenbrauen in der Erwartung, dass er mehr sagen würde. Allerdings folgte nichts mehr. „Okay, und was genau sind Ihre Beschwerden?"

„Mein Rücken tut mir immer weh." Er legte die Hand

darauf, um seiner Aussage Nachdruck zu verleihen. „Nicht nur ein wenig, so wie früher, sondern ich habe jetzt immer einen stechenden Schmerz und ..."

Marissa blendete Harolds Stimme langsam aus und schaute von ihm auf ihren Schreibtisch, wo neben ihrer Maus die Schachtel mit dem Lifesaver lag. Seit der Konferenz vor zwei Tagen hatte sie sie nicht geöffnet, allerdings konnte sie nicht leugnen, dass sie den Lifesaver liebend gern herausgenommen und ausprobiert hätte. Oder, um genau zu sein, dass sie ihn liebend gerne seinem Besitzer zurückgebracht hätte, dem mysteriösen, gut aussehenden Danny Langton. Aber sie hatte seine Nummer nicht entgegengenommen. Sie war zu stur und stolz gewesen, um zuzugeben, wie attraktiv er war. Und nun bereute sie es langsam.

Nein. Warum stellte sie sich so an? Es war schon lange her, seit sie das letzte Mal an jemandem interessiert gewesen war, und sie würde jetzt nicht damit anfangen. Sie musste sich auf ihre Arbeit konzentrieren. Seine Nummer anzunehmen hätte sie von allem, was ihr wichtig war, abgelenkt.

Innerlich hörte sie die Stimme ihrer Mutter, die anfangen wollte zu protestieren, aber Marissa brachte sie zum Schweigen, noch bevor sie damit loslegen konnte.

„Hallooo? Junge Dame? Hören Sie mir überhaupt zu?", rief Harold und schnaubte verächtlich. „Wo ist Ihr Chef? Wenn Sie mir nicht zuhören wollen, dann möchte ich mit einem anderen Arzt sprechen."

Marissa räusperte sich. Natürlich gab es hier keine anderen Ärzte, also ignorierte sie seinen Kommentar und schämte sich nur ein wenig dafür, dass sie abgedriftet war. „Es tut mir leid, Harold. Ich war kurz ..." Allerdings beendete sie den Satz nicht, da sie keine Erklärung dafür hatte, warum sie sich so unprofessionell verhielt. „Sie sagten, dass

Ihr Rücken wehtut und dass Sie einen stechenden Schmerz verspüren. Was noch?“

„Wollen Sie etwa, dass ich das alles noch mal wiederhole?“, fragte Harold. „Oh Mann! Rücken tut weh, der Schmerz strahlt aus, es tut weh zu gehen und mich zu bewegen. Manchmal kann ich vor Schmerzen nicht schlafen. Ich will einfach nur wissen, was nicht stimmt, damit alles wieder so wird wie früher.“

„Wie lange geht das schon so?“

Das hier war nicht der schillerndste erste Fall, den sich Marissa vorstellen konnte, aber etwas Einfaches war sicher nicht schlecht. Die von ihm beschriebenen Symptome waren weitverbreitet und könnten alles Mögliche bedeuten. Lediglich die Länge würde bestimmen, ob es etwas Vorübergehendes oder etwas Ernstes war. Marissa dachte erneut an Dannys Lifesaver. Was würde er zu Harolds Symptomen sagen? Würde er dasselbe denken wie sie?

Harold sah sie erwartungsvoll an.

„Bitte entschuldigen Sie, aber könnten Sie das wiederholen?“, fragte Marissa.

Er brummte vor sich hin, kam ihrer Bitte jedoch nach. „Mit Unterbrechungen seit etwa sechs Wochen.“

„Sechs Wochen.“ Marissa schnalzte mit der Zunge. „Was machen Sie beruflich? Wie sieht Ihre Ernährungsweise aus? Und wie viel Schlaf bekommen Sie in der Regel?“

„Ernährungsweise? Nein, nein. An so was glaube ich nicht. Ich esse, was ich will und wann ich will. Allerdings nicht in letzter Zeit, da es mir nicht so gut ging. Vielleicht rund sieben Stunden pro Nacht“, erwiderte Harold. „Früher habe ich als Schreiner gearbeitet. Aber jetzt bin ich nur zu Hause auf der Couch.“

„Gut, ich werde jetzt Ihren Rücken abtasten. Sagen Sie mir bitte, ob das wehtut“, sagte sie und stand auf.

Er knurrte, und dann drückte sie einen Finger auf die unterste Stelle seiner Wirbelsäule. Harold fing an zu jammern. Er hörte auf, als sie mit ihrem Finger nach oben fuhr, um nach weiteren empfindlichen Stellen zu suchen.

Marissa hatte bereits eine recht genaue Vorstellung seines Leidens. Aber was würde der Lifesaver sagen? Hatte er wirklich eine Genauigkeit von 100 Prozent? Jetzt reichte es. Sie musste ihn unbedingt ausprobieren. Danny hatte ihr eines der ersten Exemplare gegeben, damit sie es außerhalb von InnoCell testete. Und wenn der Lifesaver wirklich so funktionierte, wie er behauptet hatte, dann wäre es ein Zauber-Gerät. Sie schnappte sich die Schachtel von ihrem Schreibtisch und ließ den Lifesaver herausgleiten. Auch eine Visitenkarte mit Dannys Handynummer auf der Rückseite rutschte heraus. Sie biss sich auf die Lippe.

Nun, da sie seine Nummer hatte – würde sie widerstehen können, ihn anzurufen? Den ganzen Tag über hatte sie an ihn denken müssen. Sie hatte sich jedes Mal zwingen müssen, damit aufzuhören. Sie war nicht auf eine Beziehung oder so aus, und auch auf nichts, das sie von der Praxis ablenken würde. Aber er hatte so etwas Besonderes an sich gehabt. Seine Nummer nicht zu haben, hatte ihr geholfen, die Gedanken an ihn beiseitezuschieben. Aber nun hatte sie etwas in der Hand und wäre wieder ununterbrochen abgelenkt. Dieser Bastard.

„Harold, strecken Sie bitte Ihre Hand aus, mit dem Handgelenk nach oben." Sie klappte den durchsichtigen Bildschirm hoch, um ihn ihm zu zeigen. Noch war nichts darauf zu sehen.

„Was ist das denn?", fragte er und drückte misstrauisch seine Hand auf seine Brust.

Sie zwang sich, zu lächeln. „Das wird mir dabei helfen, die Ursache zu ermitteln."

„Brauchen Sie dafür etwa ein technisches Gerät? Sind Sie denn keine Ärztin?"

Marissa hatte definitiv keinen guten Morgen. In den vergangenen Jahren hatte sie viele schwierige und unkooperative Patienten gehabt. Allerdings hatte sie nicht damit gerechnet, am Eröffnungstag ihrer Praxis einen solchen vor sich zu haben, und das auch noch gleich am Morgen. Ihre Unkonzentriertheit trug auch nicht gerade dazu bei. Die ganze Zeit dachte sie an die Nörgeleien ihrer Mutter, ihr doch endlich Enkelkinder zu schenken, und außerdem an den mysteriösen Danny Langton und seine philanthropischen Anwandlungen.

Sie tat, was sie in solchen Situationen immer tat: Sie holte tief Luft und blieb so freundlich und aufrichtig wie möglich.

„Ich weiß bereits, was die Ursache ist. Aber das hier ist ein Gerät, das ein ..." Sie stockte, da sie nicht wusste, wie sie Danny nennen sollte. „Ein Bekannter von mir gemacht hat. Es soll meine Diagnose bestätigen. Wenn Sie also einverstanden sind, werde ich es bei Ihnen anwenden, und Sie werden einen wichtigen Beitrag zu einem Forschungsprojekt leisten."

„Wichtiger Beitrag, hm?", erwiderte Harold und schien darüber nachzudenken. „Okay. Tun Sie's. Ich hab' schon immer gewusst, dass ich bedeutend genug bin, um bei einem wichtigen Forschungsprojekt zu helfen."

Marissa hielt das Gerät an sein Handgelenk, und es tat genau das Gleiche wie bei Danny auf der Konferenz. Wie erwartet, wurde ganz oben auf dem Bildschirm ein Bandscheibenvorfall angezeigt. Aber das Gerät arbeitete noch immer, und weitere Dinge wurden angezeigt. Das meiste davon war bei einem Mann seines Alters zu erwarten gewesen, aber er hatte eine 67-prozentige Wahrscheinlichkeit, eine rheumatoide Arthritis zu entwickeln.

„Was sagt es?“

„Harold, haben Sie zufällig empfindlichere oder schmerzende Gelenke irgendwo in Ihrem Körper?“, fragte Marissa, den Blick immer noch auf den Bildschirm geheftet.

„Oh ja, das habe ich. Aber ich hatte gedacht, dass man so etwas einfach mit der Zeit bekommt“, meinte er und lachte verlegen. „Ich werde ja nicht jünger.

Sie verbrachte die nächste halbe Stunde damit, Harold zu helfen. Sie erklärte ihm seinen Bandscheibenvorfall und seine mögliche Arthritis und gab ihm alle Informationen, die er brauchte, um die Symptome zu lindern und eine bessere Lebensqualität zu erreichen. Als sie damit fertig war und sich auf ihren nächsten Patienten vorbereitete, hatte Marissa das Gefühl, dass sie Harold wirklich geholfen hatte. Und zwar nicht nur bezüglich der Beschwerden, wegen derer er gekommen war, sondern sie hatte ihm auch gezeigt, wie er etwas anderes verhindern konnte, das ihn in Zukunft ereilen könnte.

Den restlichen Vormittag und am Nachmittag wandte Marissa die gleiche Vorgehensweise an: Zunächst machte sie eine manuelle Diagnose, gefolgt von der Anwendung des Lifesavers – bei den Patienten, die bereit waren, das zu versuchen. Trotz ihrer anfänglichen Skepsis war sie wirklich verblüfft über die Genauigkeit des Geräts. Immer wieder stimmte es mit ihren eigenen Schlüssen überein, und es hatte weitere Patienten wie Harold gegeben, die sie vor einer drohenden Krankheit hatte warnen können. Auch wenn sie noch keine Symptome hatten. War es nicht ihre Aufgabe, so vielen Menschen wie möglich zu helfen? War es nicht ihre Aufgabe, möglichst viele Menschen zu heilen? War es nicht das, was sie wirklich erreichen wollte? Präventive Maßnahmen zu ergreifen, anstatt in einem endlosen Teufelskreis festzustecken und Leuten nur dabei zu helfen, ihre Symptome zu lindern?

Es kam nicht oft vor, dass Marissa das Gefühl hatte, jemandem wirklich dauerhaft geholfen zu haben. Und das alles dank Danny und dem Lifesaver-Gerät von InnoCell.

Als sie am späten Nachmittag die Praxis zusperrte, fühlte sich seine Visitenkarte wie ein schweres Gewicht in ihrer Tasche an. Sie hatte sich in Danny getäuscht. Vielleicht nutzte er diese großen Konferenzen und seinen Status und Reichtum als Gelegenheit aus, um Frauen aufzureißen. Aber er und seine Firma hatten etwas wirklich Großartiges geschaffen, etwas, das vielen Menschen helfen würde. Vorausgesetzt, es war nicht nur Zufall gewesen, dass ihre Diagnose mit der des Lifesavers übereingestimmt hatte.

Und Danny selbst ... Marissa hatte noch nie jemanden wie ihn kennengelernt. Und er hatte versucht, sie zu einem Date einzuladen. Mit Männern wie ihm würde sich ohnehin nie etwas Ernstes ergeben. Da schadete es doch nicht, einmal kurz auszugehen und sich zu amüsieren, oder? Sie konnte sich nicht einmal daran erinnern, wann sie das das letzte Mal getan hatte. Sie könnte es als Feier anlässlich des ersten erfolgreichen Tages in der Praxis betrachten ... und als Erinnerung daran, dass sie bis nächste Woche zwei Assistenten einstellen musste.

Okay. Sie würde es tun.

Marissa holte die Visitenkarte heraus, drehte sie ein paarmal zögernd in ihrer Hand und wählte schließlich die Nummer auf der Rückseite.

Er ging nach dem ersten Läuten dran. „Hallo, hier ist Danny Langton. Allerdings vermute ich, dass Sie das bereits wissen, wenn Sie diese Nummer gewählt haben, wer auch immer Sie sind.“ Er lachte ein wenig.

Sie hätte gerne eingestimmt, riss sich aber zusammen. „Hi, Mr. Langton, hier ist Dr. DeNils ... Wir haben uns bei der Innovations-Konferenz kennengelernt."

„Mmmm ... Ich freue mich und bin gleichzeitig überrascht, von Ihnen zu hören. Haben Sie sich entschieden, mein Angebot für einen Drink anzunehmen? Oder haben Sie den Lifesaver ausprobiert und möchten eine Lobeshymne auf die Genialität meines Teams anstimmen?" Er senkte die Stimme und klang nun etwas rauchiger. „Oder möchten Sie mir süße Nichtigkeiten ins Ohr flüstern?"

Die Art, wie er diese letzten Worte gesagt hatte, erweckte ein Feuer in ihr und es drehte sich ihr der Kopf. Ihre Wangen erröteten ein wenig, und beinahe hätte sie das *wirklich* gewollt. Es hätte ihr sogar noch mehr gefallen, wenn *er* ihr etwas ins Ohr geflüstert hätte. Aber sie hielt sich zurück, bevor sie etwas Dummes sagen oder tun konnte. Was auch immer er zu ihr gesagt hätte, es wäre eine Lüge gewesen. Und Marissa wollte Danny nicht bereits jetzt als Lügner abstempeln.

„Wie ich sehe, haben Ihr Ego und Ihr Stolz keinen Kratzer abbekommen, Mr. Langton", brachte Sie hervor.

Er lachte. „Wollen Sie meinen Charme wirklich auf mein Ego und meinen Stolz reduzieren, wenn meine Aussagen doch auf Fakten basieren? Ich sagte Ihnen doch, meine Liebe, nennen Sie mich Danny."

Meine Liebe. Marissa schloss die Augen, und ein leichter Schauer durchfuhr sie. Warum gefiel ihr das so sehr? Es würde riskant sein, ihn zu sehen, aber nun, da sie bereits telefonierten, konnte sie nicht mehr zurück. Zunächst einmal würde sie es bereuen. Zweitens wusste sie, dass sie das Telefonat nicht würde beenden können, ohne ihm zuzusichern, dass sie sich wiedersehen würden.

Es wäre nur für einen Abend. Einen Abend, den sie mit

Leichtigkeit würde meistern können. Er wusste gar nichts über sie; nicht, wo sie arbeitete oder wohnte. Und er konnte auch nicht ihre Nummer sehen, da sie sie unterdrückt hatte. Es wäre nur ein Abend, es sei denn, sie würde es sich anders überlegen. Und sie wusste, dass sie das, um ihrer Praxis willen, niemals zulassen würde.

„Beides trifft zu, *Mr. Langton.*“ Sie beharrte darauf, ihn formell anzureden. Wenigstens diese Barriere wollte sie zwischen ihr und ihm aufrechterhalten. So konnte er nicht auf die Idee kommen, dass Marissa an ihm interessiert war. „Ich bin mittlerweile vom Lifesaver beeindruckt und dachte mir, dass wir – falls Ihr Angebot für einen Drink noch steht – über ihn sprechen könnten.“

„Natürlich, natürlich …“ Danny sprach wieder mit seiner leisen, rauchigen Stimme, und Marissa spürte einen weiteren Schauer. „Aber, meine Liebe, sollten wir ausgehen … dann würde es deutlich mehr zu bereden geben als das.“

Marissa biss sich auf die Lippe. Natürlich tat es das – für ihn. Männer wie er wollten immer mehr von Frauen wie Marissa. Aber er täuschte sich, wenn er dachte, sie würde sich von einem netten Gerät und ein paar süßen Worten umschmeicheln lassen. Da würde er sich schon mehr anstrengen müssen.

„Das kommt darauf an, was ich erlauben werde, Mr. Langton. Vielleicht lasse ich es zu, dass Sie mir ein wenig von sich selbst erzählen.“

Daraufhin lachte er. Kein künstliches, unaufrichtiges Lachen, sondern ein authentisches, aus dem Bauch heraus. Marissa wünschte sich beinahe, sie könnte ihn jetzt sehen. Danny schien nicht die Art Mann zu sein, der sich einfach so gehen ließ. Als CEO einer unfassbar erfolgreichen Firma hatte er schließlich ein gewisses Image zu pflegen.

„Etwas anderes hätte ich auch nicht erwartet. Gut, wir werden uns treffen, aber nur unter einer Bedingung", sagte er.

Marissa war leicht empört. „*Ich* bin hier diejenige, die die Bedingungen stellt, schließlich lasse *ich* mich von Ihnen ausführen."

„Natürlich, aber ich bin ein viel beschäftigter Mann, meine Liebe." Da war es wieder, das Kosewort. Warum hörte Marissa es so gerne, wie er es in ihr Ohr flüsterte? „Außerdem ist es keine große Bitte. Ich möchte lediglich Ihren Vornamen erfahren. Auch wenn ich Sie gerne Dr. DeNils nenne, so ziehe ich es doch vor, die Menschen, die ich besser kennenlernen will, mit Vornamen anzureden." Er senkte wieder die Stimme. „Es sei denn, es gefällt Ihnen, wenn ich Sie *meine Liebe* nenne."

Ja. Nein. Woher wusste er, dass ihr das so sehr gefiel?

Sie machte den Mund auf, brachte es aber nicht fertig, etwas zu sagen. Erst nach ein paar Sekunden erwiderte sie: „Nennen Sie mich Marissa."

„Marissa. Mmm", sagte er nachdenklich. „Was halten Sie davon, wenn wir uns in drei Stunden im ‚Queen's Blue' treffen?"

Sie hatte keine Ahnung, wo das war, würde das jedoch problemlos herausfinden.

„Gut. Bis später, Mr. Langton", verabschiedete sie sich und wollte sich stur an seinem Nachnamen festhalten. Dann legte sie auf.

Drei Stunden. Marissa ließ sich gegen die Wand fallen und drückte die Hand auf ihre Brust, in der ihr Herz hämmerte. Völlig außer Kontrolle. Was war nur mit ihr los? Was hatte Danny nur an sich, dass sie so außer sich war? Er war einfach so ... Ein Teil von ihr fühlte sich unmissverständlich zu ihm hingezogen. Aber der deutlich logischere

Teil wollte ihr weismachen, dass das einfach nur lächerlich war, dass sie sich nur von seinem Charme einwickeln ließ, den er wahrscheinlich bei Hunderten Frauen anwandte.

Aber Marissa war nicht wie andere Frauen. Sie würde ihm nicht die Kontrolle überlassen, sondern selbst die Grenzen abstecken.

Aber ihre butterweichen Knie von einem nur fünfminütigen Telefongespräch sprachen eine andere Sprache.

Marissa parkte auf dem dunklen Parkplatz vor dem „Queen's Blue", einer Bar, über der ein Neonschild mit einer großen, von blauem Efeu umrankten Krone hing. Es war ein wunderschönes Schild, das trotz des altmodischen Touches sehr stilvoll wirkte, und Marissa fragte sich, was sie drinnen erwarten würde. Eine kurze Online-Recherche hatte ergeben, dass es sich um eine Weinbar handelte, eine Art Lokal, mit der Marissa überhaupt nicht vertraut war.

Sie strich ihr Kleid glatt, während sie zum Eingang schritt. Sie hatte sich für etwas Langes und Schwarzes entschieden. Schlicht, aber elegant, und der leichte Stoff flatterte leicht hinter ihr her. Es war schon lange her, seit sie mehr als eine Stunde für ihr Make-up und das Anziehen gebraucht hatte, denn für die Arbeit schminkte sie sich nur leicht. Aber heute Abend hatte sie sich besonders viel Mühe gegeben.

Drinnen war es wunderschön: ein dunkler Holzboden mit Trennwänden aus filigranem Gitter darauf, um die sich blauer Efeu rankte. Der gleiche Efeu bedeckte auch die

Rückenlehnen der Ledersitzgruppen. Kristallene Kronleuchter funkelten von hoch oben. Das Innendesign der Bar war ausgefallen und mondän; etwas, das Marissa noch nie gesehen hatte.

Danny saß an der Bar. Er trug einen gut geschnittenen, marineblauen Anzug und hielt ein Glas Weißwein in der Hand. Aber es sah so aus, als hätte er es kaum etwas davon getrunken. Marissa bemerkte sofort die ungewöhnlichen Manschettenknöpfe, die seine Ärmel schmückten. Sie sahen aus wie silberne Drachenköpfe. Etwas ungewöhnlich in seinem ansonsten perfekten Erscheinungsbild; eine persönliche Note. Marissa beschloss, ihn danach zu fragen; vorausgesetzt, sie wäre dafür mutig genug.

Er unterhielt sich gerade mit dem Barkeeper, warf aber einen Blick über seine Schulter, als sie auf die Bar zuging, fast so, als hätte er ihre Anwesenheit gespürt. Bei diesem Gedanken wurde ihr ganz warm ums Herz, vor allem, als sich seine Mundwinkel bei ihrem Anblick in stiller Überraschung noch oben zogen. Er versuchte, das mit einem Grinsen zu überspielen, aber es war zu spät. Irgendwie strahlte diese Gefühlswelle, die sich auf seinem Gesicht gespiegelt hatte, durch seinen ganzen Körper und machte ihn noch attraktiver.

„Schau mal einer an, Marissa“, sagte er und schwenkte sein Weinglas. „Ich hatte eigentlich damit gerechnet, dass Sie in einem schmuddeligen Laborkittel hier auftauchen, um mich zu piesacken.“

Unvermittelt musste sie grinsen. Die erste Schicht ihres sorgfältig zurechtgelegten Schutzpanzers bröckelte bereits. „Setzen Sie mir keine Flausen in den Kopf. Vielleicht hätte ich das tun sollen.“

Sein Blick wärmte jeden Zentimeter ihres Körpers, und ging auf ihn zu, um sich auf den Hocker neben ihm zu setzen. Um Danny eine Vorstellung dessen zu geben, was er *nicht* haben konnte, schritt sie langsam voran und wiegte die Hüften, um mit ihm zu spielen. Er jedoch schien zu hingerissen zu sein, um das zu bemerken. Das gefiel Marissa sehr. Scheinbar hatte sie ihn genauso verzaubert wie er sie. Vielleicht spielte er gar keine Spielchen mit ihr, und sie hatte das Ganze doch mehr unter Kontrolle.

„Ich glaube, das wäre ein Jammer gewesen", meinte Danny, „und hätte Ihre natürliche Schönheit verschandelt."

Daraufhin musste sie lächeln. „Ich nehme, was er trinkt" sagte sie zum Barkeeper, und dieser machte sich daran, ihr ein Glas einzuschenken. „Sie sind alles andere als subtil, oder, Mr. Langton?"

Seine Augen funkelten, und Marissa merkte, dass es ihm, trotz seiner Proteste, gefiel, so genannt zu werden. Seltsamer Mann.

„Das musste ich nie sein." Er grinste und nahm einen Schluck von seinem Wein. „Aber, meine Liebe, Sie bringen mich dazu, das zu ändern."

Marissa wurde es wieder heiß und kalt, und Dannys Augen leuchteten, als wüsste er, welche Wirkung er auf sie hatte. Sie hoffte, dass ihr Make-up es schaffte, die Röte auf ihren Wangen zu verbergen.

„Sie schmeicheln mir, aber glauben Sie ja nicht, das würde reichen." Sie holte den Lifesaver aus ihrer Handtasche und legte das gläserne Gerät auf den Tresen. „Aber dieses Ding ... mmmmh. Es ist zweifelsohne genial in dem, was es tut. Was man von Ihren Flirt-Versuchen nicht gerade behaupten kann."

„Das ist es, nicht wahr? Ich wünschte, ich könnte mir das als mein Verdienst anrechnen, aber das gebührt meinen Partnern, die tatsächlich Genies sind."

„Dann geben Sie also zu, dass Sie außer Charme und gutem Aussehen nichts zu bieten haben?"

Danny lachte, aus tiefstem Herzen, als hätte er sein Schutzschild komplett fallen lassen. „Ganz und gar nicht. Meine Begabungen zeigen sich nur in ... eher unerwarteten Bereichen."

Der Barkeeper reichte Marissa ihr Glas Weißwein. Er roch süß, ein angenehm verführerisches Aroma. Eine willkommene Ablenkung von dem Mann, der sie in mehrfacher Hinsicht um den Verstand brachte. Danny war, das musste sie zugeben, anders, als sie erwartet hatte. Viel weniger eingebildet, als sie es von einem Milliardär gedacht hätte, auf unerklärliche, mühelose Weise locker, charmant und sexy.

„Genau wie dieses Gerät." Marissa tippte darauf, und der Bildschirm leuchtete auf. Allerdings wurde nichts angezeigt. „Ihre Idee, wie Sie in Ihrer netten Rede sagten?"

„Diejenige meines Vaters, um ehrlich zu sein. Ich habe sie nur verwirklicht."

Er sagte das mit solcher Traurigkeit, dass es Marissa beinahe leidtat, den Lifesaver überhaupt angesprochen zu haben. Aber das Gerät war einfach *zu* wunderbar und wichtig, um *nicht* darüber zu reden. Außerdem war es, in gewisser Weise, das, was Danny und Marissa zusammengeführt hatte. Sie fühlte sich zu ihm hingezogen, ja, das war nicht von der Hand zu weisen. Aber das Wichtigste war ihr immer noch ihre Arbeit. Vielleicht würde sie, nur um ihrer Mutter eins auszuwischen, jedwede Beziehung vermeiden und sich stattdessen nur auf ihre Karriere konzentrieren. Danny würde da keine Ausnahme bilden.

Allerdings war das gelogen, nicht wahr? Aufgrund dieses Gerätes war er sowohl eine Quelle der Faszination als auch ein Versprechen für eine bessere Zukunft – und noch etwas … anderes. Sie wusste nur nicht, was. Wollte nicht zugeben, was dieses *Etwas* sein könnte.

„Dann war die Geschichte über Ihren Vater also wahr. Er war wirklich Arzt“, flüsterte sie. „Viele Leute stellen sich auf Bühnen und erzählen irgendwelche Geschichten, um auf die Tränendrüsen zu drücken, die aber nicht unbedingt …“, sie verstummte allmählich, unsicher, wie sie fortfahren sollte. „Es tut mir leid. Wie ist er gestorben?“

Aus irgendeinem Grund lachte Danny. Marissa runzelte die Stirn. Was am Tod seines Vaters war so lustig? Oder war es die Art von Lachen, die einen vom Schmerz ablenken sollte?

„Offiziell? Kehlkopfkrebs“, antwortete er.

„Was meinen Sie mit *offiziell*?“

„Mein Vater hat viele Geheimnisse. Der Krebs hat ihn nicht umgebracht, er hat ihn nur als Vorwand benutzt, damit alle denken, er wäre tot. Dann ist er abgehauen und hat irgendwo ein neues Leben begonnen.“

Marissa blieb angesichts dieser seltsamen Geschichte der Mund offen. Taten Menschen so etwas tatsächlich? Sie hatte gedacht, so etwas würde nur in Filmen passieren. Aber vielleicht konnten Leute, die so reich waren wie Danny, Dinge tun, von denen normale Menschen wie sie noch nicht einmal träumen konnten. Schnell trank sie einen Schluck von ihrem Wein, und dessen Kühle und Frische beruhigte ihre Sinne.

Danny lächelte angesichts ihrer Reaktion. „Was denn, dachten Sie etwa, das ist die Wahrheit? Mein Vater ist kein Bond-Bösewicht. Er ist ein ganz normaler Sterblicher wie wir alle.“

Aber etwas daran, wie Danny das gesagt hatte, ließ sie zweifeln. Wollte er sie nur beruhigen? Oder hatte er zu viel getrunken und plapperte irgendeinen Unsinn?

„Ist das der Grund, warum Sie Drachen-Manschettenknöpfe tragen?“

„Was?“ In seinem Blick war plötzlich ein Ausdruck von Entsetzen und Angst, völlig untypisch für ihn.

„Drachen repräsentieren Unsterblichkeit. In alten, alchemistischen Schriften standen sie für das Mittel zur Herstellung von Gold oder für den Weg zu ewigem Leben“, erwiderte Marissa und lächelte verlegen, als Danny sie mit aufrichtigem Interesse ansah. Sie hatte ihm keinen ihrer berühmten Vorträge halten wollen.

Dannys ungewöhnlicher Ausdruck verblasste, er strich über sein Weinglas und setzte wieder sein lockeres Lächeln auf. „Woher wissen Sie das? Ich dachte, ihr Wissenschaftler schert euch nicht um Pseudowissenschaften.“

„Ach, kommen Sie. Unsterblichkeit fasziniert die Menschen seit Urzeiten. Da kann man es mir nicht übel nehmen. Außerdem ...“ Sie schwenkte ihr Glas, hatte aber noch den vollen Geschmack ihres letzten Schlucks im Mund. „Drachen faszinieren mich.“

„Wirklich?“ Danny winkte dem Barkeeper und bat um ein weiteres Glas. Dann drehte er sich wieder zu ihr, sodass ihr sein ganzer Körper zugewandt war.

Irgendetwas an dieser Bewegung brachte Marissas Innerstes in Wallung, obwohl er nicht näher an sie herangerückt war und keine Anstalten gemacht hatte, sie zu berühren. Die Art und Weise, wie er sich bewegte, war ... Sie konnte sie nicht anders als besitzergreifend beschreiben, als ob er irgendwie einen Anspruch auf sie erhoben hätte, indem er sich ihr komplett zugewandt hatte. Oder waren es nur ihre Fantasie und der Wein, der ihr bereits zu Kopf gestiegen war?

Er spielte mit dem Manschettenknopf – silbern, tödlich, absolut hinreißend. „Sie haben recht. Deshalb trage ich sie ja auch. Sie repräsentieren, was wir nicht sind, aber was wir sein könnten.“ Er nahm den Lifesaver in die Hand und drehte ihn ehrfürchtig hin und her, als wäre er ein heiliger Gegenstand von großer Bedeutung. „Und das ... Ich denke, das ist einer der ersten Schritte, um dieses Ziel in einem größeren Maßstab zu erreichen. Nicht Unsterblichkeit, noch lange nicht, aber eine höhere Lebensqualität für alle Menschen und eine längere Lebenserwartung.“

„Das ist ein hehres Ziel.“ Marissa schluckte und hatte Mühe zu atmen. Während er den Lifesaver in der Hand drehte, sah er sie mit einer solchen Intensität an, dass sie fast den Eindruck hatte, als wollte er in ihre Seele schauen. „Das ist es, was auch ich will. Ein besseres Leben für alle.“

Er hielt ihr den Lifesaver hin. „Haben Sie ihn schon an sich selbst ausprobiert?“

Sie riss die Augen auf. „Nein. Ich ...“

Sie merkte, dass ihr der Gedanke Angst machte. Das hatte er schon immer, auch wenn sie es sich vorher nicht eingestanden hatte. Was, wenn sie ihn benutzte und er etwas über ihre Gesundheit enthüllte, das sie nicht wissen wollte? Dass sie schwere gesundheitliche Probleme hatte, auf die sie keinen Einfluss hatte, und dass sie vielleicht sterben würde? Aber meistens konnten solche Dinge, wenn sie früh genug erkannt wurden, verhindert werden. Sollte sie es also nicht versuchen wollen?

„Sind Sie nicht wenigstens ein bisschen neugierig?“, flüsterte er.

„Ja, aber ...“ Sie wollte ihn nicht ausprobieren. Sie war nicht bereit zu erfahren, was er ihr sagen würde, egal wie neugierig sie war. „Ich glaube, es ist an der Zeit, nach Hause zu gehen.“

Danny lehnte sich zurück, aber er hielt ihr immer noch den Lifesaver hin. „Sie können ihn behalten, ihn weiter testen, wenn Sie wollen. Vielleicht werden Sie eines Tages neugierig."

Sie nahm ihm den Lifesaver entgegen ihrer Intuition ab. Selbst wenn sie ihn nicht an sich selbst benutzen würde, könnte sie ihn doch verwenden, um anderen Menschen zu helfen. Oder vielleicht, um zu beweisen, dass es eine unmögliche Erfindung war und dass etwas daran nicht so funktionierte, wie es sollte.

„Gute Nacht, Mr. Langton", sagte sie und stand auf. Ihre Blicke begegneten sich in dem Moment, als sie von ihrem Hocker rutschte, und gebannt von dem herrlichen Meer aus bernsteinfarbenem Licht, das in seinen Augen toste, konnte sie sich kaum von ihm losreißen.

Dann fand sie irgendwie die Kraft zu gehen und verließ das „Queen's Blue" auf wackeligen Beinen. Sie fürchtete, dass sie stolpern würde, während er sie beobachtete. Aber das tat sie nicht.

Draußen lehnte sie sich gegen die Mauer, um Luft zu holen und ihr rasendes Herz wieder zu beruhigen. Irgendetwas an Danny hatte sie innerlich in Brand gesteckt. Das war ihrer Meinung nach ein Grund mehr, sich von ihm fernzuhalten. Sie durfte nicht ...

Bevor sie diesen Gedanken beenden konnte, tauchte Danny neben ihr auf. Woher er gekommen war, konnte sie nur vermuten, da sie nicht bemerkt hatte, dass die Tür aufgegangen war.

„Marissa ...", sagte er mit seiner nun wieder rauchigen Stimme. Erst jetzt stellte sie fest, dass er drinnen nicht so mit ihr gesprochen hatte.

„Mr. Langton."

Daraufhin grinste er und kam näher, auf eine Art, zu der nur ein Raubtier fähig war. Danny hatte etwas an sich, das ihn wie einen Jaguar auf der Jagd wirken ließ, sodass

Marissa sich wie seine Beute fühlte. Und irgendwie schaffte er es, dass sie diese Beute sein *wollte.*

Er lehnte sich neben sie gegen die Mauer, und als er die Hand ausstreckte, um ihr eine Haarsträhne aus der Stirn zu streichen, war sie zu fasziniert von ihm, um ihn davon abzuhalten. „Ich glaube, du hast vergessen, mir einen Gute-Nacht-Kuss zu geben", sagte er und beugte sich ganz langsam vor. Seine Lippen berührten die ihren wie eine Feder.

Das war alles, was es war: ein sanftes Einatmen vor ihrem Mund, ein zartes Kitzeln, das warme Ein und Aus seines Atems im Rhythmus ihres eigenen Atems. Es dauerte viel zu lange, bis Marissa merkte, dass er auf eine Reaktion von ihr wartete. Seine Geduld war unvergleichlich.

Marissa hob ihr Gesicht zu seinem und drückte ihre Lippen schließlich auf seine. Wärme breitete sich von ihrem Mund über ihre Wangen aus und durchflutete schließlich ihren ganzen Körper. Er legte seine Hände um ihre Taille und zog sie noch ein bisschen näher zu sich. Sie schmeckten beide nach Wein und Neugierde, nach dem, was war und was sein könnte. Danny drückte seinen Körper gegen den ihren, ganz leicht, und seinen Mund auf ihren. Marissas Hals beugte sich unter dem Gewicht seines Kusses etwas nach hinten, und seine köstlichen, hungrigen Bewegungen steigerten ihr Verlangen.

Sie drückte ihre Hände auf seine Brust und spürte die Härte seiner Muskeln unter seinem feinen Hemd. Er legte eine Hand um ihren Kopf und drückte sie fester an sich, gierig und besitzergreifend. Seine Zunge strich über Marissas Lippen, und sie erbebte und gab sich ihm ganz hin. Die letzte Schicht ihres Panzers, den sie getragen hatte, fiel von ihr ab, als ihre Zunge die seine berührte, begierig auf seinen Geschmack. Mehr. Sie wollte mehr.

Es endete fast so schnell, wie es begonnen hatte. Die verzweifelten Protestrufe ihres wilden Ichs kollidierten mit dem maßvollen, vernünftigen Ich, das jede ihrer Entscheidungen beherrschte. Sie löste sich von ihm, aber nicht aus seinem Griff.

Dannys Mund bewegte sich stattdessen zu ihrem Ohr und saugte sanft daran. „Warum setzen wir das nicht bei mir fort, meine liebe Marissa?"

Sie war gekommen, um einen netten Abend zu haben und um mehr über den Lifesaver und Danny zu erfahren, nicht um so etwas zu tun ... Nicht, um ihn zu küssen oder sich in dem Duft seines Parfums oder in seinen wilden Berührungen zu verlieren. Allein dadurch, dass sie bei ihm war, kam sie sich vor wie ein Tier, das nur ein Ziel hatte.

„Ich ... Ich glaube nicht, dass das eine gute Idee ist", keuchte sie, unfähig zu verbergen, wie tief er sie berührt hatte. Sie konnte das nicht tun. Sie war nicht diese Art von Frau, und sie hatte wichtigere Dinge, um die sie sich kümmern musste, als mit jemandem zu schlafen, den sie kaum kannte. Egal wie attraktiv er war ... Sie konnte sich nicht dazu durchringen, es zu tun.

Ein Hauch von Schmerz oder Verwirrung zeigte sich in seinem Blick und in dem leichten, enttäuschten Kräuseln seiner Lippen, als er sich zurückzog. „Wenn du es langsamer angehen willst ...", murmelte er und strich sich die Haare zurück, die durch den Kuss etwas zerzaust worden waren. „Aber ich bitte dich um deine Nummer. Und vielleicht können wir das irgendwann noch einmal machen."

Marissas anfangs sorgfältig aufgebaute Rüstung setzte sich mit jedem Atemzug wieder zusammen. Sie mochte Danny, aber sie fand, dass er viel zu sehr daran gewöhnt war, zu bekommen, was er wollte. Wenn jemals mehr zwischen ihnen geschehen sollte, musste es nach ihren

Bedingungen geschehen. Und gerade jetzt begann die vernünftige Seite in ihr wieder die Oberhand zu gewinnen und das animalische Verlangen zurückzudrängen, das sie noch vor wenigen Augenblicken so stark empfunden hatte. Sie fühlte es immer noch, aber es wurde schwächer.

„Oh, Danny", flüsterte sie und streckte in einem Moment der Kühnheit ihre Hand aus, um über seine Wange und sein Kinn zu streichen. Da war der zarteste Hauch von Bartstoppeln, unsichtbar, nur bei einer Berührung feststellbar. Er neigte den Kopf hin zu ihrer Hand, und seine Lider fielen zu, wie bei einer Katze. „Du hast überhaupt nichts gelernt, nicht wahr?"

Sie strich ein letztes Mal mit den Lippen über die seinen, so sanft wie eine Feder, und so schnell, dass Danny kaum Zeit hatte zu reagieren. Und dann machte sie sich aus seinem Griff los und ging zu ihrem Auto.

Marissa sah nicht zurück und war sich sicher, dass sie das Richtige tat. Aber sie spürte seinen intensiven Blick auf ihrem Rücken, der darum bettelte, dass sie sich umdrehen und ihn noch einmal ansehen würde. Sie starrte stur geradeaus, in die Zukunft, die sie immer geplant hatte, die sich um ihre Arbeit drehen würde, nicht um Affären und unerreichbare Romanzen.

4

DANNY

Danny saß in seinem luxuriösen Sessel mit Blick auf die großen Fenster, von denen aus man Blackfall überblicken konnte. Zwei seiner Freunde und Geschäftspartner, Michael Koff und Troy Frest, standen Danny gegenüber und versperrten ihm genau diesen Blick. Außerdem behinderten sie ihn bei seinen Tagträumen von Marissa. Auch sie waren Drachen-Gestaltwandler – unsterbliche, magische Wesen, die sich bedeckt hielten, damit sie nicht von den Menschen erkannt werden konnten. Na gut, so bedeckt nun auch wieder nicht: Sie waren schließlich stinkreich und prominente Geschäftsleute, die mehr Gutes für die Menschheit tun wollten als die meisten Menschen selbst. Komisch, wenn man so darüber nachdachte …

Michael Koff war ein Eisdrache und hatte eine entsprechend eisig wirkende Persönlichkeit – zumindest in den Augen der Menschen, die ihn nicht gut kannten. Er war Dannys rechte Hand und der Leiter von InnoCells streng geheimer Vertriebs- und Beschaffungsabteilung für magische Artefakte. Diese Abteilung brachte InnoCell das meiste Geld ein, verbrauchte aber gleichzeitig auch einen Großteil des Budgets. Er beschaffte alles, was die Firma brauchte – sei es für die Forschung oder nur aus Freude an den Dingen selbst.

Troy Frest war ein Donnerdrache und das Genie, das die Abteilung für technologische Innovationen leitete. Er war derjenige, der die meisten von Dannys wilden Ideen in die Tat umsetzte, einschließlich des lang erwarteten Lifesavers.

Michael und Troy sprachen über die letzten Feinheiten, die an der Lifesaver-Technologie korrigiert werden mussten, bevor er in den Verkauf gehen konnte, aber Danny schenkte ihnen kaum Beachtung. Von diesem Büro aus leitete Danny normalerweise InnoCell und sorgte dafür, dass jede Kleinigkeit wie geplant funktionierte.

Ein Unternehmen wie das seine zu leiten war natürlich ganz und gar keine Kleinigkeit, und jemand musste den Überblick behalten. Aber heute, nach dem Treffen mit Marissa? Seine Produktivität war auf einem nie da gewesenen Tiefpunkt. Er hatte noch nie in seinem Leben so viele Aufgaben beiseitegeschoben oder so viele Meetings abgesagt. Stundenlang hatte er aus den Glasfenstern gestarrt und über ihre letzten Worte nachgedacht.

Du hast überhaupt nichts gelernt, nicht wahr?

Was hatte er übersehen? Was hatte er falsch gemacht? Die genaue Bedeutung ihrer Worte zu entschlüsseln schien angesichts des kleinen Details, das ihm ebenfalls ständig im Kopf herumschwirrte, unmöglich: Marissa hatte ihn *Danny* genannt. Nicht Mr. Langton. War es ein Versehen gewesen? Absicht? Hatte sie ihn aufziehen oder noch verrückter machen wollen?

Er wusste immer noch nicht, was er von dieser Frau halten sollte. Sie war umwerfend, intelligenter als die meisten Leute, denen er je begegnet war, und sie wusste über Drachen Bescheid. Vielleicht nicht über *echte* Drachen wie Danny und seine Freunde, aber sie fand sie zumindest interessant. Und das machte sie selbst noch interessanter.

Noch nie in seinem Leben war er so enttäuscht darüber gewesen, dass er sie nicht zu sich nach Hause hatte locken können. Marissa war wie ein Juwel, das ihm unerwartet in den Schoß gefallen war. Alles an ihr hatte irgendeine Art von Reaktion in seinem Körper ausgelöst. Er wusste, dass er sie wenigstens einmal würde haben müssen. Aber sie hatte sich geweigert, ihm ihre Nummer zu geben.

„Danny? Hörst du überhaupt zu?“, fragte Michael. Er beugte sich über den Schreibtisch und sein langes, weißes Haar mit eisig-blauen Strähnen fiel ihm über die Schultern – die perfekte Repräsentation seiner eiskalt wirkenden Persönlichkeit.

„Hm?“, machte Danny, der plötzlich aus seinen Gedanken an Marissa gerissen worden war. Er hatte angefangen sich vorzustellen, wie es wäre, sie gegen das Fenster seines Büros zu drücken und sie vor aller Augen zu nehmen. Falls jemand überhaupt hinaufblicken wollte.

„Ehrlich gesagt, manchmal gibt es Tage, an denen ich mich frage, warum wir dich als unseren Chef ausgewählt haben.“ Michaels Stirnrunzeln verwandelte sich in ein Grinsen. „Hat es dir die Sprache verschlagen?“

„Mmm ... natürlich nicht, ich bin ein Profi. Für wen hältst du mich?“

„Für einen unersättlichen Lüstling, der seine Pfoten nicht von einer schönen Frau lassen kann“, erwiderte Troy. „Komm schon, wir kennen diesen Blick. Bist du gestern etwa ausgegangen?“

Danny stöhnte auf. „Was hast du über den Lifesaver gesagt? Was muss noch getan werden?“

„Die verschiedenen Stufen für die magische Einstellung

sind seit unserem ersten Test vor ein paar Jahren stabil geblieben. Selbst für das kritischste Auge – also jemanden, der sich auskennt oder so erfahren mit magischen Artefakten ist wie ich“, sagte Michael, „wird es nahezu unmöglich sein zu erkennen, dass die primären Funktionen des Lifesavers auf Magie und nicht auf elektrischer Energie basieren. Unser Technologie-Team hat hervorragende Arbeit geleistet, indem es ein Gerät geschaffen hat, das genau als das durchgeht, als das wir es deklarieren. Solange wir niemandem einen Grund geben, etwas anderes zu vermuten, sollte es von den Massen unbemerkt als medizinisches Gerät akzeptiert werden. Sie werden glauben, dass es ein einfaches, innovatives, von Menschen gemachtes Gerät ist.“

„Danke, Michael. Aber es gibt noch einiges zu tun“, warf Troy ein. „Wir müssen vor der Veröffentlichung ein paar Fehlerkorrekturen der Software vornehmen. Wir müssen den Lifesaver so gestalten, dass alle Nicht-Menschen immer noch eine brauchbare Analyse erhalten, wenn sie nicht wissen, wonach sie suchen müssen. Deine Analyse für die Konferenz hat auf erfundenen menschlichen Daten basiert. Aber damit Gestaltwandler wie wir das Gerät auch verwenden können, ohne entdeckt zu werden, müssen wir das sofort korrigieren. Wir können nicht etwas veröffentlichen, das versehentlich die Identitäten von Nicht-Menschen aufdeckt. Mein Vorschlag ist …“

Dannys Blick wanderte wieder an Michael und Troy vorbei zu den Wolkenkratzern und dem weit dahinter liegenden Meer. Ja, es war wichtig, die Sicherheit anderer Gestaltwandler und Nicht-Menschen zu gewährleisten, aber Danny konnte sich immer noch nicht dazu durchringen, sich darüber Gedanken zu machen. Nicht, wenn sein

Verstand in einer immerwährenden Spirale feststeckte, die nur aus Marissa bestand.

In ihren Augen hätte er sich für immer verlieren können, ihre Lippen hatten von den seinen erobert werden wollen, ihre Haare und ihre Haut waren wie Seide gewesen, und ihr Geruch hatte ihn verrückt gemacht. Er wollte sich ihr ganz widmen, sich Zeit nehmen, jeden Zentimeter ihres Körpers erforschen, alles schmecken und fühlen, was es gab. Er erbebte bei dem Gedanken daran. Blut begann in seinen Schwanz zu strömen und er wurde ein wenig steif. Daran merkte er, dass er seine Fantasie zu weit getrieben hatte.

„Wenn wir uns die Zeit nehmen, diese Dinge richtig zu testen, könnten wir mit einer Verzögerung von etwa …", sagte Michael, aber Danny hatte genug.

„Okay, gut, tut, was immer ihr tun müsst", befahl er und winkte sie heraus. „Raus. Ich muss mich um andere Dinge kümmern. Ich vertraue darauf, dass du dir was überlegst und es mir sagst."

„Danny, wir sollten uns wirklich sofort über die Details klar werden. Wir können nicht riskieren, den Start zu verzögern", sagte Troy.

„Du brauchst meine Meinung nicht. Du weißt bereits, was zu tun ist, nicht wahr?"

Troy nickte.

„Dann tu es. Du bist der Profi. Michael wird dir geben, was du brauchst, damit es funktioniert."

„Natürlich. Wir stehen kurz vor der Veröffentlichung", sagte Michael. „Wir wollen nicht, dass jemand denkt, dass mit dem Lifesaver etwas nicht stimmt. Das könnte dazu führen, dass weniger Menschen bereit sind, ihm zu vertrauen, und das wollen wir nicht. Wenn wir auf irgendwelche Probleme stoßen, werden wir es dich wissen lassen."

Michael und Troy verabschiedeten sich endlich, und Danny lehnte sich in seinem Stuhl nach vorne, stützte die Ellbogen auf den Schreibtisch und wiegte seinen Kopf hin und her. Irgendetwas an dem Gedanken, dass Leute dem Lifesaver nicht vertrauen könnten, irritierte ihn. Hatte er etwas zu Marissa gesagt, das dazu geführt hatte, dass sie ihm weniger vertraute? Sie hatten ein wenig über das Gerät gesprochen, aber ... Er konnte sich nicht daran erinnern, etwas gesagt zu haben, dass sie verärgert haben könnte.

„Danny? Ist alles in Ordnung?", fragte Michael.

Danny sprang auf, erschrocken darüber, dass Michael immer noch da war. Dieser stand an der Tür, sein Tablet unter den Arm geklemmt, die Haare wieder aus dem Gesicht gestrichen.

„Ja." Er räusperte sich. „Mir geht's gut."

„Du verhältst dich schon den ganzen Tag irgendwie seltsam. Liegt es an deinem gestrigen Date?"

„Es war kein ..." Danny seufzte.

Natürlich hatte sein bester Freund bemerkt, dass etwas nicht stimmte. Und es war tatsächlich etwas nicht in Ordnung. Aber auch Danny wusste nicht genau, was.

„Ich habe nur einen schlechten Tag, das ist alles. Nichts, worüber man sich Sorgen machen müsste. Morgen bin ich wieder der Alte, du wirst schon sehen."

„Wenn du meinst. Du weißt, dass du mit mir reden kannst, wenn du etwas brauchst."

Danny grinste. „Ja, um mir dann deinen Vortrag darüber anhören zu müssen, dass ich viel zu unbesorgt in den Tag lebe? Nein, danke."

„Manchmal, wenn man sich wie ein Trottel verhält, braucht man jemanden, der einem das sagt", erwiderte Michael mit einem schelmischen Grinsen, das zu seinem ironischen Ton passte. „Nicht meine Schuld, dass meistens ich das tun muss."

„Ich weiß nicht, was ich ohne dich und deine stets aufbauenden Worte tun würde."

„Ach, mein Lieber, ich bin mir sicher, dass du irgendwann eine Frau finden wirst, die genau das für dich tun wird, nur besser."

Danny hätte beinahe aufgelacht. Michael hatte ja keine Ahnung. Vielleicht war Marissa genau diese Frau. Sie trieb ihn in den Wahnsinn, ohne sich große Mühe geben zu müssen, und gab ihm das Gefühl, sich wie ein Elefant im Porzellanladen zu verhalten.

Michael griff nach dem Türknauf. „Wenn du einen schlechten Tag hast, solltest du dir den Nachmittag freinehmen. Wann hattest du denn das letzte Mal einen freien Tag? Nimm dir verdammt noch mal frei. Das hast du dir schon vor drei Jahrzehnten verdient."

Die Tür fiel hinter Michael zu, und als Danny sicher war, dass er diesmal wirklich gegangen war, ließ er sich wieder auf seinen Stuhl sinken. Sofort dachte er wieder an Marissa; sie war eine Macht, der er sich nicht entziehen konnte, egal wie sehr er es versuchte.

Hin und wieder lehnten Frauen seine Annäherungsversuche aus dem einen oder anderen Grund ab. Aber das störte ihn in der Regel nicht, weil er nicht zu den Typen gehörte, die bei jedem Date Sex haben mussten, um das Gefühl zu haben, dass es ihre Zeit wert gewesen war. Manchmal reichte es ihm schon, ein paar Stunden mit einer schönen Frau und einer anregenden Unterhaltung zu verbringen.

Aber die Verabredung mit Marissa war nicht wirklich als Date geplant gewesen, auch wenn er das gerne gewollt hätte. Er wusste, dass es das nicht für sie gewesen war, und damit hatte er kein Problem gehabt. Und doch hatte ihn ihre

Abweisung verletzt, was er sich nicht erklären konnte. Er hatte etwas falsch gemacht. Vielleicht hätte er all das über seinen Vater nicht sagen sollen. Das hatte sie irritiert, nicht wahr?

Er wusste nicht, warum er es überhaupt erwähnt hatte. Normalerweise sagte er jedem, der ihn danach fragte, dass er tot war, und das war's dann. Aber etwas an Marissa hatte ihm das Gefühl gegeben, dass er ihr die Wahrheit sagen konnte. Aber ihr Ausdruck der Verwirrung und der Ungläubigkeit hatte ihn dann doch verunsichert, also hatte er es schnell wie einen Scherz aussehen lassen.

Sein Vater war natürlich am Leben und gesund. Als Gefährte seiner Mutter, die ebenfalls eine Drachen-Gestaltwandlerin war, war ihm die Gabe ihrer Unsterblichkeit zuteilgeworden. Keine menschliche Krankheit konnte ihm etwas anhaben, auch wenn er im Grunde genommen ansonsten immer noch ganz und gar menschlich war. So ein Leben zu führen, erforderte allerdings ein wenig Feingefühl und gelegentlich einen vorgetäuschten Tod, wenn man zu sehr in der Öffentlichkeit stand. Eines Tages würden Danny und seine Freunde wahrscheinlich dasselbe tun müssen, nur damit niemand herausfand, dass sie unsterblich waren. Aber das war hoffentlich noch Jahrzehnte weit weg – es blieb noch viel Zeit, um bis dahin die Welt zu verändern.

Marissa hatte all das natürlich nicht gewusst. Sie hatte wahrscheinlich gedacht, dass er herzlos wäre, weil er Witze über den Tod seines Vaters gemacht hatte. Er hätte das nicht tun dürfen, hätte auf keinen Fall auch nur ein bisschen von der Wahrheit durchsickern lassen dürfen. Denn jetzt bezahlte er dafür, indem er seine Chancen bei Marissa verloren hatte, der interessantesten Frau, die er seit ... nun, seit Ewigkeiten kennengelernt hatte.

Aber mal im Ernst. Wie viele Leute wussten über

Drachen und Alchemie Bescheid? Das waren Dinge, die nur ein ...

Danny hielt inne. Nein. Sie war keine Gestaltwandlerin oder sonst etwas Nicht-Menschliches. Sie hatte seiner Magie widerstanden, ja, aber er hatte keinerlei Anzeichen erkennen können, dass sie kein Mensch war. Er hätte es an ihr gerochen oder an ihren Lippen geschmeckt. Sie war also einfach nur ungewöhnlich.

Eine wunderschöne Anomalie, die er wahrscheinlich nie wiedersehen würde.

Vielleicht hatte Michael recht. Er sollte noch ein wenig weiterarbeiten, dann eine Pause einlegen und morgen frisch und gestärkt loslegen. Aber zunächst war da etwas, das er nicht aufschieben konnte: seinen regelmäßigen Test auf sexuell übertragbare Krankheiten. In seinem langen Leben hatte er noch nie eine Geschlechtskrankheit gehabt, aber das schrieb er dem Glück zu, nicht seinem Wesen als Gestaltwandler, da er von anderen wie ihm gehört hatte, die sich etwas eingefangen hatten. Danny war normalerweise vorsichtig, aber bei den vielen Frauen, mit denen er in die Kiste sprang, war es besser, vorsichtig zu sein – nicht nur um seiner selbst willen, sondern vor allem auch wegen der Frauen.

Er holte seinen Laptop heraus und suchte nach einer neuen Praxis. Er wollte nie öfter als ein- oder zweimal im Jahr in dieselbe Arztpraxis gehen, da er nicht riskieren wollte, dass jemand erkannte, was er wirklich war. Und er ließ auch nie seine Assistentin die Recherche für ihn erledigen. Das alles war ein bisschen lästig, aber es war den Seelenfrieden und die Privatsphäre wert. Im Internet fand er eine neue Praxis, die er noch nie gesehen hatte: Blackfall Innovation Health. Das war ein merkwürdiger Name, aber Danny war neugierig und wollte sie gerne ausprobieren.

Sie hatten sogar ein Online-Buchungssystem, also vereinbarte er seinen Termin innerhalb von nur fünf Minuten gleich für den übernächsten Morgen und fertig. Nachdem diese Angelegenheit erledigt war, packte Danny seine Sachen zusammen und verließ das Büro zum ersten Mal seit Jahren früher. Eigentlich musste er nicht die ganze Zeit von hier aus arbeiten, aber er verbrachte normalerweise die gleiche Anzahl von Stunden in seinem Büro, die er auch von jedem anderen seiner Mitarbeiter erwartete.

Heute jedoch fühlte es sich befreiend an, früher zu gehen und sich mehr in Gedanken an Marissa zu verlieren. Er würde sich nur noch diesen einen Tag erlauben und dann das Ganze als verpasste Gelegenheit beiseiteschieben und aus seinen Fehlern lernen.

Leichter gesagt als getan.

Am Donnerstagmorgen – nachdem er die hübsche Sprechstundenhilfe an der Rezeption bezirzt hatte, weil sie ihn erkannt hatte – nahm er im Wartezimmer der Praxis Platz und wartete. Der Raum war schlicht und geschmackvoll eingerichtet, ganz anders als die ansonsten so sterilen Wartezimmer, die Danny von anderen Arztpraxen kannte. Es war schön, in einem so warmen und einladenden Raum zu sein, anstatt sich wie ein Versuchskaninchen zu fühlen, das gleich auf einem Tisch seziert werden sollte.

Er betrachtete gerade das Aquarellbild von einem Elefanten an der Wand, als sich die Tür hinter ihm öffnete.

„Dieses Gemälde ist etwas ganz Besonderes, wirklich ein Meis…"

„Was zum Teufel machen Sie denn hier?"

Die Worte blieben ihm im Hals stecken, als er Marissas Stimme hörte. Marissa, ausgerechnet sie. Er drehte sich langsam zu ihr um und war erstaunt, wie verärgert und schockiert sie ihn ansah.

„Ich bin wegen einer Routineuntersuchung hier, Dr. DeNils", antwortete er, da ihm nichts Besseres eingefallen war.

„Das hier ist meine Arbeitsstelle. Sie können hier nicht einfach reinplatzen, wann immer Sie wollen, um …" Sie wusste anscheinend nicht, wie sie den Satz beenden sollte. „Warum sind Sie hier?"

Danny seufzte und war ein wenig verlegen, tat aber sein Bestes, um cool rüberzukommen. „Wegen eines Tests auf sexuell übertragbare Krankheiten."

Marissas leichte Wut verflog und sie sah etwas amüsiert aus, als kämpften ihre Professionalität und ihr wahres Ich miteinander. Wahrscheinlich war ihr klar, dass selbst der größte Dummkopf niemals auf die Idee kommen würde, einen solchen Test als Vorwand zu benutzen, um mit jemandem zu flirten.

„Alles klar. Okay, dann machen wir das", erwiderte sie. „Auf was möchten Sie sich testen lassen?"

„Auf alles."

Sie nickte und holte ein Wattestäbchen aus dem Schrank. „Weit den Mund aufmachen."

Sie entnahm eine Speichelprobe, schnell und geschickt, und Danny sah zu, während sie sie vorbereitete. Er wollte gerne etwas sagen, aber unter den gegebenen Umständen war er sich nicht sicher, was angemessen war. Er hätte diese Peinlichkeit komplett vermeiden können, wenn er seine

Magie auf das Gebäude konzentriert hätte. Er hätte die Leere gespürt, wo seine Fähigkeiten keinen Zugriff hatten. Aber niemals hätte er damit gerechnet, ihr hier zu begegnen – oder sonst irgendwo.

Die Tatsache, dass er sie wiedergefunden hatte, nachdem er gerade akzeptiert hatte, dass er sie wahrscheinlich nie wiedersehen würde, war sehr bedeutsam für ihn. Das hier war eine Gelegenheit, die er nutzen musste. Er bemühte sich allerdings, sich nicht vorzustellen, wie er sie in der Praxis verführen würde. So anregend diese Vorstellung auch sein mochte, es war wahrscheinlich keine gute Idee.

„Ich bin wirklich nicht absichtlich hierhergekommen, weißt du. Ich gehe jedes Mal in eine andere Praxis, weil es so einfacher ist", sagte Danny.

Marissa antwortete nicht, sondern kam nur mit einer Spritze zu ihm, um eine Blutprobe zu entnehmen. Er sah zu, wie sie sie in seine Haut stach, wobei sie sich wenig Mühe gab, ihm nicht wehzutun. Aber das tat es auch nicht. Etwas so Kleines tat einem Drachen-Gestaltwandler nicht weh. Wenn überhaupt, fühlte es sich ein wenig unangenehm an, nichts weiter, selbst als sie ihm das Blut abnahm.

„Ich bin froh, dass ich dich wiedergefunden habe, ungeachtet der ungewöhnlichen Umstände."

Sie zog die Nadel wieder heraus. Auch wenn sie ihn ignorierte, wusste Danny, dass sie zuhörte. Ihm entging nicht, wie ihr Körper auf ihn reagierte. Er konnte riechen, dass sie von ihm angezogen wurde und auch ein wenig verärgert war. Irgendwie war anstelle seiner Magie etwas Machtvolles, Unbekanntes zwischen ihnen beiden entstanden.

„Wenn ich dich dadurch in Verlegenheit gebracht habe, sag es mir, damit ich es in Ordnung bringen kann. Normalerweise würde ich mich nicht mehr bemühen, wenn jemand ..."

„Wenn jemand was?"

Danny lächelte. „Auch wenn du vielleicht ein anderes Bild von mir hast, so ist eine Abfuhr für mich nichts Unbekanntes. Ich versuche es dann kein weiteres Mal, weil die Botschaft in der Regel klar ist: kein Interesse."

„Diesmal haben Sie die Botschaft offenbar ignoriert, Mr. Langton." Sie stellte die Blutprobe weg und reichte ihm einen kleinen Plastikbecher mit Deckel. „Ich nehme an, Sie wissen, was damit zu tun ist."

Meistens nervte es ihn, wenn jemand, den er kannte, sich weigerte, ihn beim Vornamen zu nennen. Und er hatte das Gefühl, dass er Marissa mehr kannte, als er eigentlich dürfte, denn sie hatten sich doch erst vor Kurzem kennengelernt. Vielleicht empfand sie das nicht so, oder vielleicht war das nur Teil ihrer unerklärlichen Entschlossenheit, ihn zu reizen. Aus seiner Neugierde war jedoch schnell echtes Interesse geworden, denn er fühlte sich unmissverständlich zu ihr hingezogen.

Vermutlich glaubte Marissa, dass es ihr Macht über ihn verlieh, sich nicht einzugestehen oder sich nicht anmerken zu lassen, dass sie sich beide zueinander hingezogen fühlten. Für Danny war es das Gegenteil. Es war für ihn zu einem Spiel geworden, herauszufinden, wie er ihr verschiedene Reaktionen entlocken konnte.

Mit hochgezogenen Augenbrauen nahm er den Becher entgegen, und als er an ihr vorbeiging, flüsterte er leise: „Du kannst die Tatsache, dass du dich zu mir hingezogen fühlst, nicht ganz so gut verbergen, wie du glaubst, Liebes."

Als er zurückkam, umwickelte er den Becher mit einer Papiertüte und stellte ihn auf ihren Schreibtisch. Sie saß da und tippte vor sich hin, und er bemerkte den Lifesaver neben der Tastatur. Er fragte sich, ob sie ihn regelmäßig benutzte oder nur gelegentlich, oder ob sie sich gar nicht mehr darum scherte.

„Ich rufe Sie nächste Woche mit Ihren Testergebnissen an", sagte sie, ohne ihn anzusehen. „Sie können jetzt gehen."

Danny beobachtete sie noch einen Augenblick lang. Sie war ein wenig gelassener geworden, seit sie ihn im Wartezimmer aufgerufen hatte. Aber er bezweifelte, dass ihr mittlerweile klar war, wie sie auf seine Bewegungen reagierte und ihre Haltung entsprechend veränderte.

Neben dem Lifesaver stand ein kleiner, metallener Kartenhalter mit Visitenkarten darin. Danny schnappte sich eine, bevor sie ihn aufhalten konnte. Der Ausdruck auf ihrem Gesicht, als er begann, sie laut vorzulesen, bereitete ihm große Freude.

„Dr. DeNils, Allgemeinärztin. Sieh an, sieh an, es sieht so aus, als hätte ich endlich die schwer erhältliche Telefonnummer der schönen Marissa DeNils entdeckt." Er steckte die Karte ein.

„Die Nummer ist für die Rezeption", sagte sie und klang ein wenig verärgert. „Bitte belästigen Sie meine Empfangsdame nicht."

„Sie belästigen? Das käme mir nicht in den Sinn. Wir sehen uns, Liebes."

Was er nicht sagte, obwohl er es dachte, als er die Praxis verließ, war, dass die einzige Frau, an der er interessiert war, sie war.

5

MARISSA

Ein paar lange, arbeitsreiche Tage später kam Marissa endlich dazu, Dannys Test abzuschließen. Ihre Bewegungen, während sie auf die endgültigen Ergebnisse wartete, waren unbeholfen und steif, als wäre sie auf Autopilot.

Es hatte unglaubwürdig geklungen, dass er einfach zufällig in ihre Praxis geraten war. Ihr Terminkalender war für die nächsten Wochen praktisch ausgebucht, also musste er Glück gehabt haben – oder Pech, je nachdem, wie sie es betrachtete –, einen der letzten freien Termine ergattert zu haben, die aufgrund von Absagen in letzter Minute frei geworden waren. Wie hoch war die Wahrscheinlichkeit gewesen?

Nur mit Danny Langton konnte Marissa die ungewöhnlichsten Begegnungen erleben.

Sie warf einen Blick auf die Testmaschine, aber sie war noch nicht fertig. Mit jeder Minute, die sie noch warten musste, wuchs die Angst in ihr. Sie war sich nicht einmal ganz sicher, warum das so wichtig für sie war, aber es fühlte sich an, als hinge ihre gesamte Zukunft von den Ergebnissen dieses Tests ab. Wie überdramatisch war das denn? Es war ja nicht so, dass sie vorhatte, mit ihm zu schlafen oder sich mit ihm zu verabreden, auch wenn ein immer lauter werdender Teil von ihr den Wunsch hatte, ihn wenigstens wiederzusehen.

Aber sie wusste, dass Männer wie Danny Langton es zu sehr schätzten, wie viel Freiraum sie hatten, wenn sie Single waren. Er wäre nicht gut für sie, und wenn Marissa dumm genug sein würde, sich auf ihn einzulassen, könnte sie wie ihre Mutter enden: mit einem ungewollten Kind und einem Mann hinterherhechelnd, der sie nur für eine Affäre wollte.

Marissa würde das nicht mit sich machen lassen. Aber es war so offensichtlich, dass sogar Danny es bemerkt hatte: Sie fühlte sich zu ihm und seinem charmanten Auftreten hingezogen. Er tat so, als würde er die Welt beherrschen und alles besitzen. Nach allem, was sie wusste, tat er das wahrscheinlich wirklich.

Und irgendwie wollte sie ihn dadurch nur noch mehr.

Was zum Teufel war mit ihr los?

Die Maschine piepte, und Marissa atmete scharf ein. Der Moment der Wahrheit.

Sie rief die Ergebnisse auf und war fast zu nervös, um richtig hinsehen zu können. Sie ging die Liste durch, und ihre Panik ließ langsam nach. Alles negativ.

Erleichterung durchströmte sie, und sie zuckte zusammen. Sie hatte keine Ahnung, warum sie sich so erleichtert fühlte oder warum sie sich so sehr gesorgt hatte. Es war wirklich nur eine Routineuntersuchung für ihn gewesen. Aber das machte ihr auch Sorgen. Wie viele Bettgeschichte musste er am Laufen haben, um sich regelmäßig testen zu lassen?

Nein. Sie zwang sich aufzuhören, darüber nachzudenken. Nichts davon ging sie etwas an. Was er mit seinem Körper tat, war seine Sache.

Aber ... dass der Test negativ war, eröffnete ganz neue Möglichkeiten. Vielleicht könnte sie sich noch einen Abend mit ihm gönnen – aus reiner Freude an seiner Gegenwart heraus. Aber es wäre wahrscheinlich besser, ihn als Geschäftspartner oder Freund auf Abruf zu halten – nicht als romantischen Partner. Vielleicht würde sie einen Weg finden, das zu schaffen, ohne vor Verlangen nach ihm zu vergehen, wie beim letzten Mal, als er sie geküsst hatte.

Das wäre doch möglich, oder?

Sie war sich ehrlich gesagt nicht so sicher, ob sie das wirklich schaffen könnte. Und deshalb fürchtete sie sich davor, ihn anzurufen. Sie könnte sich dem Ganzen entziehen, indem sie das ihrer Sprechstundenhilfe Louise überließ. Das wäre reine Routine für sie. Aber da war diese seltsame Besitzgier in Marissas Herz, wenn es um Danny ging; etwas, das sie sich nicht erklären konnte.

Also rief sie ihn vom Telefon auf ihrem Schreibtisch aus an.

„Hallo, Mr. Langton, hier ist Dr. DeNils von Blackfall Innovation Health. Ich habe die Ergebnisse Ihres Tests parat“, sagte sie, als er abnahm.

„Es ist immer ein Vergnügen, deine schöne Stimme zu hören, Liebes. Nun, wie lautet das Urteil? Negativ, nehme ich an. Das bin ich immer.“

Marissa runzelte die Stirn, zum Teil, um den leichten Schauer zu überspielen, der sie bei seinen freundlichen Worten, als würden sie sich schon ewig kennen, und der erneuten Verwendung dieses Kosenamens durchströmt hatte. Aber auch wegen seines unvergleichlichen Selbstvertrauens. Auch das erregte sie mehr, als sie es sich eingestehen würde. „Nein, Mr. Langton. Ich fürchte, wir haben in

Ihren Testergebnissen eine starke Konzentration von ‚hochmütiger Idiot' entdeckt."

Er lachte wieder aus tiefsten Herzen, und Marissa überlegte kurz, ihre leichte Verärgerung beiseitezuschieben. „Und ich habe dich für die professionellste Frau gehalten, die es gibt, Liebes. Mit einem Patienten flirten? Das hätte ich dir nie zugetraut."

„Natürlich kann nur jemand wie Sie es für Flirten halten, wenn man ihn einen Idioten nennt."

„Ich weiß, dass deine leichte Aggression nur ein Abwehrmechanismus ist; es hat keinen Sinn, mich oder sich selbst zu belügen", sagte er, und seine Stimme wurde wieder rauchig. „Ich weiß, dass du dich beim letzten Mal, als wir ausgegangen waren, amüsiert hast. Warum versuchen wir es nicht noch einmal und fangen diesmal von vorne an?"

Marissa war verunsichert und wusste nicht, wie sie den Teil von sich im Zaum halten sollte, der tatsächlich noch einmal mit ihm ausgehen wollte. Er hatte aber recht, oder? Sie war nur deshalb unhöflich zu ihm, weil er sie auf die Palme brachte und all ihre Grenzen mit solch rücksichtsloser Präzision durchbrach, dass sie die meiste Zeit nicht wusste, wie sie auf ihn reagieren sollte.

„Jetzt, wo Sie offiziell ein Patient von mir sind", sagte Marissa und hielt ihre Stimme ruhig, obwohl sie innerlich schrie, ihn nicht abzuweisen, „glaube ich nicht, dass das eine gute Idee ist."

„Ich glaube, das kriegen wir hin, oder?", fuhr Danny unbeeindruckt fort. „Du hast meinen Test durchgeführt. Das war eine einmalige Sache. Ich werde nicht wiederkommen müssen. Zumindest nicht in deine Praxis. Da steht einem romantischen Rendezvous nichts im Wege."

„Mr. Langton, ich ..."

„Was ist das Schlimmste, das passieren könnte?", flüsterte er. „Ein Abend, an dem wir die Gesellschaft des jeweils anderen genießen ... Die Entscheidung liegt bei dir, Marissa."

Das Schlimmste, was passieren könnte? Marissa konnte sich ein Dutzend Dinge vorstellen, die in die Kategorie „katastrophal" passen würden. Die meisten davon stammten aus der Erfahrung der schrecklichen Beziehung zwischen ihrer Mutter Laura und ihrem Vater Hank. Marissa hatte sich strikt verboten, sich mit Männern zu vergnügen, weil sie vor Angst wie gelähmt war, es könnte ihr das Gleiche passieren wie ihrer Mutter.

Aber wie lange wollte sie sich noch von ihrer Mutter und ihrem Vater beeinflussen lassen? Sie hatte bewiesen, dass sie so ziemlich jede Lebenssituation besser meisterte als die beiden. Also würde ihr das auch in diesem Fall gelingen.

Marissa zerriss die Fesseln, die sie selbst geschaffen hatte.

„Ein Date. Okay? Wir können ausgehen und tun, was immer Sie wollen. Zufrieden?"

„Was auch immer ich will?" Danny gluckste. „Marissa, du solltest mir keine Flausen in den Kopf setzen."

„Ach. Du weißt, was ich meine."

„Natürlich, meine Liebe. Keine Sorge, du wirst es sehr genießen. Ich kenne den perfekten Ort, wo uns niemand stören wird."

Marissa wusste nicht, ob er damit meinte, dass er nirgends erkannt werden wollte oder ob sie beide ungestört sein sollten. Der letzte Gedanke jagte ihr einen Schauer über den Rücken. Wenn noch andere Leute da wären, könnte sie sich unter Kontrolle halten und daran arbeiten, sich Danny zum Freund zu machen und keine Romanze mit ihm zu beginnen.

Aber wenn sie bei ihm zu Hause wären? Sie war sich nicht sicher, was dann passieren würde.

Sie war sich nicht sicher, ob sie das überhaupt beunruhigte.

DAS CAFÉ UM DIE ECKE, in der Nähe von Marissas Praxis, war geschäftig wie immer. Um sie herum herrschte reges Treiben, während sie auf der Terrasse saß und an ihrem Mittagskaffee nippte. Sie wartete bereits seit fünfzehn Minuten. Ihre Mutter hatte ihr weder geschrieben noch sie angerufen, dass sie sich verspäten würde. Marissa hatte sich inzwischen so sehr an dieses Prozedere gewöhnt, dass sie sich gar nicht mehr aufregte oder ärgerte, sondern nur noch resigniert wartete.

Wenn Laura nicht innerhalb von einer Stunde auftauchen würde, würde Marissa einfach wieder zur Arbeit gehen, ohne groß darüber nachzudenken.

Allerdings hatte sie für heute eine längere Pause eingeplant, da sie ja ihre Mutter hatte sehen wollen. Da ihre Arzthelferinnen neu waren, war Marissa nicht sicher, wie gut sie ohne sie klarkommen würden. Sicher wäre es kein Problem. Es war ja nur für zwei Stunden. Zum Glück hatte Danny nicht wieder in der Praxis angerufen und versucht, die Sprechstundenhilfe mit seinem Charme dazu zu bringen, Marissas Handynummer herauszugeben – oder, noch schlimmer, stattdessen mit ihr zu flirten.

Auch wenn seine Aufmerksamkeit sie manchmal nervte, versetzte ihr der Gedanke, dass er sich jemand anderem widmen könnte, einen stechenden Schmerz in der Brust. Aber was erwartete sie? Wahrscheinlich flirtete er mit jeder hübschen Frau, der er begegnete.

Sie zwang sich dazu, das Gesicht nicht in den Händen zu vergraben. Warum war sie so zwiegespalten? Warum konnte sie sich nicht entscheiden, was sie wollte?

Vielleicht, weil sie nicht wusste, was *er* wollte. Danny war ein einflussreicher CEO und hatte keinen Grund, sich für jemanden wie Marissa zu interessieren, außer als kurze Affäre. Typen wie er mochten andere stinkreiche Frauen – Stars, etwa Schauspielerinnen und Sängerinnen, oder hochkarätige Geschäftsfrauen.

Nicht jemanden wie Marissa. Vielleicht wäre sie eines Tages eine wichtige Persönlichkeit, aber im Moment war sie nur eine Träumerin mit zu vielen Schulden vom Studium.

Für Danny war „Date" wahrscheinlich ein Code für „One-Night-Stand". Sie konnte sich immer noch nicht entscheiden, was sie davon halten sollte.

Während sie versuchte, die Gedanken an Danny und ihr bevorstehendes Date beiseitezuschieben, trank sie den Rest ihres Kaffees aus und wollte gerade aufstehen und gehen, als sie Laura erblickte, die sich zwischen den anderen Café-Tischen hindurchschlängelte.

Laura winkte. „Du gehst schon? Ich bin doch gerade erst gekommen!"

„Ich warte schon seit einer Stunde, Mom! Ich kann nicht ewig von der Arbeit wegbleiben."

„Du und deine Arbeit! Vielleicht habe ich mich absichtlich verspätet, nur damit du dir eine Auszeit nehmen kannst. Und vielleicht habe ich ja einen netten Verehrer gefunden, der dich in der Zeit ..."

Marissa schnaubte. „Ich würde dir sogar zutrauen, so etwas abzuziehen." Einen Augenblick lang dachte sie darüber nach, ob ihre Begegnung mit Danny irgendwie Lauras Werk gewesen war. Aber das war unmöglich. Diese Art von Leuten kannte sie nicht. Marissa wollte sich weiter über Lauras Verspätung ärgern, aber ehrlich gesagt war sie froh, sie zu sehen.

Ihre Mutter mochte zwar nicht die Zuverlässigste oder Einfühlsamste sein, aber sie war dennoch immer da, wenn Marissa sie brauchte. Und in diesen aufgrund der Eröffnung ihrer Praxis und der Begegnung mit Danny stressigen Zeiten brauchte sie eine Ablenkung, auch wenn sie nicht vorhatte, Laura von ihrer Verabredung mit Danny zu erzählen – dann würde sie ihr zu viel erklären müssen. Also lächelte sie stattdessen und umarmte ihre Mutter.

„Schön dich zu sehen, Liebes. Tut mir leid, dass ich so spät gekommen bin. Der Verkehr, du weißt schon."

„Um diese Tageszeit ist es hier schlimm", erwiderte Marissa. „Du hättest mir schreiben können, dass du dich verspätest."

„Ach, na ja. Jetzt bin ich ja hier, oder nicht? Jetzt erzähl mir alles über deine neue Wohnung. Hast du dich gut eingelebt? Wie fühlt es sich an, seine eigene Praxis zu haben? Hast du endlich ein paar deiner Sachen ausgepackt? Nein, vergiss die letzte Frage." Laura lächelte. „Ich kenne dich gut genug, um zu wissen, dass du noch fast gar nichts ausgepackt hast."

„Schuldig im Sinne der Anklage. Ich habe bislang vielleicht zwei Kisten ausgepackt."

Sie bestellten ihr Mittagessen und plauderten die nächsten dreißig Minuten über die Praxis, die Gegend und die Stadt insgesamt. Es tat Marissa gut, über das zu reden, was ihr gefiel und was nicht, da sie sonst niemanden hatte, mit dem sie über solche Dinge sprechen konnte. Da sie seit dem Umzug fast nur gearbeitet hatte, hatte sie noch keine

Freunde finden können, denen sie sich anvertrauen könnte. Und fast alle anderen, die sie von früher kannte, waren viel zu beschäftigt, als dass sie sich mit ihnen persönlich würde treffen können. Lediglich eine Handy-Nachricht hier und da war möglich.

„In der ersten Woche war es schwierig, weil ich keine Mitarbeiter finden konnte, die mir zugesagt haben. Aber jetzt habe ich sehr gute Arzthelferinnen, und seitdem läuft es wie geschmiert", erzählte Marissa. „Ich bin sehr zufrieden."

Ihr Herz klopfte bei diesem letzten Satz ein wenig, als wüsste ihr Körper, dass sie log. Aber sie war noch nicht bereit, sich die Wahrheit einzugestehen. Laura wollte es jedoch nicht dabei belassen.

„Sag das nicht, Liebes. Gut, du bist jetzt glücklich und zufrieden, aber wie wirst du dich in zehn Jahren fühlen, wenn du immer noch ausschließlich deine Arbeit hast? Keinen Partner, keine Familie?"

„Wer sagt, dass ich nicht auch in zehn Jahren eine Familie gründen kann?", entgegnete Marissa. Sie rührte wütend mit dem Löffel in ihrer Suppe.

Diese Themen erschöpften Marissa immer, denn sie hatte nie wirklich vorgehabt, eine ernsthafte Beziehung zu führen, geschweige denn zu heiraten oder eine Familie zu gründen. Und doch musste sie unvermittelt an Danny denken. Er passte überhaupt nicht zu ihr, und eine Beziehung mit ihm wäre ganz und gar keine gute Idee, wenn nicht sogar unmöglich.

„Nein, aber du wirst all die Gelegenheiten bereuen, die du bis dahin hast verstreichen lassen. Du kannst dich nicht so sehr auf deine Arbeit konzentrieren, dass du jeden abweist, der sich für dich interessiert. Du kannst mir nicht erzählen, dass dich in den letzten fünf Jahren niemand um ein Date gebeten hat, denn ich weiß, dass das eine Lüge ist."

Marissa schnaubte. „Eine Lüge? Woher willst du das wissen?"

„Ach, Liebes, eine so schöne Frau wie du kann keine drei Blocks gehen, ohne jemandem ins Auge zu fallen. Es ist einfach die Wahrheit. Ich kenne das noch gut genug aus der Zeit, als ich in deinem Alter war. Also, erzähl mir alles über den Mann, der dich so nachdenklich und leicht wütend macht."

„Ich bin *nicht* nachdenklich. Und ich bin definitiv nicht wütend!"

Laura zog eine Augenbraue hoch.

Wie konnte es sein, dass sie auf derartige Details achtete, aber alles andere ignorierte? Marissa konnte Lauras Prioritäten nicht einmal ansatzweise verstehen, besonders, wenn man bedachte, dass ihre Tochter nicht immer ihre Priorität gewesen war. Marissa hatte keine Ahnung, wo sie bei Danny Langton überhaupt anfangen sollte. Seine Identität würde sie auf keinen Fall preisgeben dürfen, denn sonst würde Laura sofort in Ohnmacht fallen und ihn anschließend zum idealen Heiratskandidaten erklären. Um genau zu sein, bereitete das Marissa die größte Sorge: dass er so bekannt und so stinkreich war.

Als sie sich das eingestand, wurde Marissa klar, dass sie größtenteils deshalb so zögerlich und abweisend war, da sie an sich selbst zweifelte. Wer war sie, dass sie überhaupt daran dachte, mehr als eine Affäre mit einem der begehrtesten Männer des Jahrhunderts haben zu können? Sollte sie sich nicht einfach nur damit begnügen?

So würden wahrscheinlich die meisten Leute denken. Aber Marissa war nicht wie die meisten Leute.

„Es ist kompliziert, Mom", sagte sie.

„Mit dir ist immer alles kompliziert, Liebes. Wie habt ihr euch kennengelernt? Seid ihr schon miteinander ausgegangen? Werdet ihr heiraten?"

„*Nein*! Warum muss sich alles immer ums Heiraten drehen?"

Laura verschränkte die Hände. „Du weißt, wie sehr ich mir Enkelkinder wünsche. Ich weiß, dass es nur eine Frage der Zeit ist, bis du das ebenso sehen wirst wie ich. Und?"

„Wir haben uns über die Arbeit kennengelernt, mehr oder weniger. Zuerst auf einer Konferenz, und danach sind wir etwas trinken gegangen, das war's. Dann ist er in meiner Praxis als Patient aufgetaucht und ..."

„Oooh, er hat doch keine lebensbedrohliche Krankheit, oder? Du brauchst jemanden, der sich um dich kümmert, der noch lange lebt. Bist du deshalb so wütend?"

„Ich brauche *niemanden*, der sich um mich kümmert, Mom! Nein." Sie überlegte, ob sie gemein sein und Laura erzählen sollte, dass Danny eine unheilbare Krankheit namens „zu viel Geld" hatte, und dass daher nie etwas Ernstes zwischen ihnen beiden laufen würde. Aber sie war klug genug, dieses Detail für sich zu behalten. „Er ist absolut gesund. Er ist nur ... genau genommen ein Patient, und mit jemandem auszugehen, den man medizinisch behandelt hat, ist in meiner Branche wirklich verpönt."

„Sagt wer? Es hält sich doch niemand an diese Regeln, Liebes."

„Äh, doch, das tun alle. Zumindest diejenigen, die ihre Approbation behalten wollen."

„Du machst dir nur zu viele Gedanken, wie immer, und suchst nach einer Ausrede, um ihn nicht wiederzusehen."

Zweifellos, aber Marissa war nicht bereit, das zuzugeben.

„Wenn du ihn magst, warum gibst du ihm nicht eine

Chance?“, fragte Laura. „Du bist nicht die Art von Frau, die sich leichtherzig in irgendeinen Mann verguckt. Er muss wirklich etwas Besonderes sein, wenn du etwas in ihm siehst, das dich so fesselt. Was kann es da schaden, einen Versuch zu wagen? Wenn es dann doch nichts wird, ist es auch egal. Schlimmer ist es, wenn du dich fragst, was hätte sein können.“

Marissa hasste es, das zuzugeben, aber Laura hatte recht. Das Problem war allerdings nicht, dass Marissa zögerte, Danny wiederzusehen. Sie hatten bereits eine weitere Verabredung für morgen Abend vereinbart.

Aber das, was danach passieren würde, machte ihr Angst und ließ sie zögern.

6

DANNY

Der voll verglaste Besprechungsraum in der InnoCell-Zentrale war einer von Dannys Lieblingsräumen in der Firma – abgesehen natürlich von seiner persönlichen Suite ganz oben im Gebäude. Der Raum war sechseckig und sah von außen beinahe wie ein Diamant aus. Wenn man drinnen war und hinausblickte, war alles leicht verzerrt und in Regenbogenstrahlen gehalten, wie in den Spiegelsälen aus Freizeitparks, in denen Danny als Kind viel zu oft gewesen war.

Auf dem Tisch war Fingerfood ansehnlich angerichtet, als Danny eintrat, und Michael unterhielt sich gerade mit zwei der weiteren Drachen-Gestaltwandler, die die wichtigsten Abteilungen von InnoCell leiteten: Evan Lowe und Liam Sallow.

„Die Software-Änderungen werden sich überhaupt nicht auf den Produktionsplan auswirken", sagte Michael. „Die Lifesaver selbst sollten immer noch nach wie geplant hergestellt werden können, und sobald Troys Team die Programmerweiterungen fertiggestellt hat, können wir alles auf einmal auf die Geräte laden. Falls es keine katastrophalen Ausfälle gibt, sollte alles nach Plan verlaufen."

„Die Produktion für das finale Gerät wird nächste Woche beginnen", sagte Evan. „Wir haben etwa 300.000 weitere Vorbestellungen nach Dannys offizieller Ankündigung letzte Woche erhalten, insgesamt also knapp 500.000. Wir haben bereits einkalkuliert, dass diese Menge vor der offiziellen Veröffentlichung auf das Doppelte oder Dreifache ansteigen wird, und werden keine Probleme haben, diese Stückzahl zu schaffen."

Evan war ein Bergdrache, was ihn zum Stursten der Gruppe machte. Er war außerdem absolut im Einklang mit der Natur und der Erde. Evan leitete den Produktionsbereich und war dafür verantwortlich, dass Michaels und Troys Abteilungen über alle jeweils benötigten Materialien verfügten. Und er war auch dafür verantwortlich, die von Troy autorisierten, finalen Produkte zu produzieren, wie zum Beispiel den Lifesaver. Wegen seiner Verbundenheit mit der Erde war er die treibende Kraft hinter den vielen Auszeichnungen für Nachhaltigkeit gewesen, die InnoCell in den vergangenen fünf Jahren gewonnen hatte. Die Firma hatte deswegen viel Lob von der Presse erhalten, und nun war InnoCell das nachhaltigste Unternehmen in dieser Größenordnung weltweit.

Danny setzte sich ans Kopfende des Tisches. „Es scheint also alles in Ordnung zu sein. Gut." Er schnappte sich etwas von dem Fingerfood – ein Sandwich mit Huhn und Pesto. „Gab es bislang irgendetwas, das unseren Launch gefährden könnte, Liam?"

„Bis jetzt ist alles ruhig", sagte Liam. „Ich rechne nicht damit, dass jemand einen hochkarätigen Launch wie diesen sabotieren wird, vor allem keine Claws. Falls jemand etwas dagegen tun will, dann etwas Subtileres, vielleicht mithilfe einer Marketing-Kampagne, die unser Produkt in ein negatives Licht rücken soll. Ich und meine Agenten überwachen alle entsprechenden Kanäle genau und werden sofort reagieren, wenn etwas Derartiges passiert."

Liam war ein Schattendrache und dafür verantwortlich, InnoCell davor zu bewahren, von Spionen anderer magischer Organisationen infiltriert zu werden, und alle gefährlichen Personen im Auge zu behalten, die mit den Zielen von InnoCell in Konflikt stehen könnten. Normalerweise war das die Organisation namens Claws – aber das war ein ganz anderes Thema.

„Du triffst dennoch Vorsichtsmaßnahmen, nehme ich an", sagte Evan. „Wir können kein Risiko eingehen. Alles muss nach Plan laufen."

„Ich bin durchaus in der Lage, meinen Job zu machen, danke. Unsere Sicherheitsvorkehrungen wurden verdreifacht, solange wie es nötig ist. Aber wenn ihr eure philanthropischen Aktivitäten fortzusetzen gedenkt, heißt das wohl ‚auf ewig'. Es gibt sehr viele dunkle Mächte da draußen, die uns daran hindern wollen, den Menschen etwas Gutes zu tun."

„Ich werde nicht zulassen, dass uns jemand davon abhält, Gutes zu tun", sagte Danny. „Wenn wir scheitern, versuchen wir es noch einmal. So einfach ist das."

Die anderen drei nickten zustimmend.

„Wo sind Troy und Richter?"

„Troy? Er ist außer sich, weil er sich Sorgen macht, dass die nicht-menschlichen Messwerte für den Lifesaver vor der Freigabe fehlerhaft sein könnten. Er möchte noch ein paar Tests machen."

Evan grunzte. „Klingt eher nach Besessenheit. Aber du kennst ihn ja. Er ist erst zufrieden, wenn alles perfekt ist."

„*Gibt* es etwas, worüber wir uns Sorgen machen sollten?", fragte Danny. „Oder ist Troy nur wieder seinem Perfektionswahn verfallen? Das hier ist *wichtig*. Ich vertraue dir, dass du alles unter Kontrolle hast ..."

Michael hob die Hände. „Entspann dich, es gibt noch keinen Grund zur Sorge. Troy ist nur besonders vorsichtig. Wenn wir auf irgendwelche Probleme stoßen, wirst du es als Erster erfahren."

„Okay. Gut. Und Richter?"

Keiner antwortete, aber alle drehten die Köpfe zu Liam. Schließlich war er dafür verantwortlich, jeden im Auge zu behalten, der InnoCell Schaden zufügen könnte; außerdem jeden, der ein wichtiger Teil des Unternehmens war. Richter Williams war beides.

Liam räusperte sich und verschränkte die Hände. „Richter ist während einer seiner, ähm, Eskapaden verschwunden."

„Was ist es denn dieses Mal?", fragte Danny und machte sich an seinem Fingerfood zu schaffen, um nicht laut zu fluchen.

Richter war nicht unbedingt ein Unruhestifter, aber er war ... anders als die anderen, um es mal so zu sagen. Manchmal hatte man das Gefühl, dass er Verantwortung als lästige Pflicht und nicht als Notwendigkeit betrachtete. Er verschwand oft aus einer Laune heraus und jagte dem hinterher, was gerade seine Aufmerksamkeit erregt hatte. Frauen, Clubbing, Alkohol und Drogen waren seine normalen Laster, obwohl er den Letzteren nach einem besonders schlimmen Ereignis vor ein paar Jahren abgeschworen hatte.

„Er glaubt, er hätte seine Gefährtin gefunden. Schon wieder."

„Es wird Zeit, dass ihm jemand klarmacht, dass Gefährten nicht real sind", sagte Evan. „Das sind nur

Märchen, die sich einsame Menschen ausgedacht haben. Mittlerweile müsste er klüger sein, nachdem seine ersten vier ‚Gefährtinnen' sich als genauso unecht herausgestellt haben wie jeder andere Mensch da draußen."

Danny hätte gerne protestiert. *Seine* Eltern waren Gefährten, und zwar ohne jeden Zweifel. Sie hatten sich vor etwa einem Jahrzehnt aus der Öffentlichkeit zurückziehen müssen, aber wann immer Danny sie besuchte und zusammen sah, war es unmissverständlich klar: Sie waren genauso verliebt wie bei ihrem Kennenlernen vor über 200 Jahren. Sie machten Danny ein wenig neidisch, und er wünschte sich, er könnte diese Liebe auch erleben.

Unvermittelt dachte er an Marissa, hielt dann aber sofort inne, da er sich nicht von seiner Fantasie mitreißen lassen wollte.

„Er sollte es eigentlich besser wissen und nicht mitten während unseres größten Launches verschwinden", sagte Danny. „Hättest du nicht auf ihn aufpassen sollen?"

„Ja. Es ist meine Schuld", gab Liam zu. „Er hat sich in den vergangenen Monaten gut benommen, also habe ich keine Probleme erwartet. Ich hätte seine Überwachung erhöhen sollen, jetzt, wo wir uns der Veröffentlichung des Lifesavers nähern. Vor zwei Wochen hat er mir sogar gesagt, was los ist. Aber ich habe ihn nicht aufgehalten."

„Er hat dir seine Spinnereien über Gefährten erzählt, und du hast das nicht als Warnsignal aufgefasst?", fragte Evan. „Du bist genauso ein Narr wie er."

„Nur weil du zu zynisch bist, um an Gefährten zu glauben, heißt das nicht, dass auch wir das sein müssen. Skeptisch und vorsichtig, klar, aber angesichts dessen, was wir bislang gesehen und erlebt haben? Weit entfernt von unmöglich, Evan. Außerdem ... Ich hatte Mitleid mit ihm.

Du kannst mir nicht vorwerfen, dass ich dem armen Kerl ausnahmsweise mal etwas Gutes tun wollte."

Liam und Evan diskutierten weiter über Gefährten, und sogar Michael mischte sich hier und da ein. Aber mit jeder Sekunde dieses Gesprächs formte sich in Dannys Kopf eine Gewissheit, und sie trug Marissas Name. Sie konnte unmöglich seine Gefährtin sein. Sie kannten sich doch kaum, und fast die ganze Zeit hatte Marissa so getan, als ob sie nichts mit ihm zu tun haben wollte. Er durchschaute sie natürlich, aber wenn sie Gefährten wären, würde sie ihm gegenüber doch nicht so viel Abneigung zeigen, oder?

Es war viel zu früh, um das zu sagen. Er machte sich umsonst Sorgen. Alles, was er im Moment wusste, war, dass sie verdammt attraktiv war, und noch dazu sehr intelligent. Er wollte sie so sehr, dass er darum betteln würde, wenn es sein müsste.

Aber er glaubte nicht, dass das nötig sein würde.

7

MARISSA

Ihr Kleid war zu eng.

Das musste es auch sein. Der kastanienbraune Stoff drückte ihre Brüste ein wenig zu sehr nach oben, wodurch ihr Dekolleté zwar umwerfend aussah, sie sich aber dennoch unsicher fühlte. Würde das so rüberkommen, als bemühte sie sich zu sehr? Die Tatsache, dass das Kleid ihre schmale Figur mit den leichten Kurven zur Geltung brachte, machte es nicht unbedingt besser. Bei Danny war sie sich nicht sicher, was zu viel und was zu wenig war.

Gerne hätte sie geglaubt, dass er sie auch dann noch mögen würde, wenn sie bei ihrem Date einen Müllsack trüge. Aber sie war nicht einmal ansatzweise verrückt genug, um so etwas zu tun. Nicht einmal, um sich einen kleinen Scherz zu erlauben.

Danny wollte noch einmal von vorne anfangen, also würden sie noch einmal von vorne anfangen, ohne dass sich Marissas passiv-aggressives Verhalten in den Weg stellen würde. Und sie hatte sich vorgenommen, sich nicht davon irritieren zu lassen, wie viel Geld dieser Mann verdammt noch mal hatte.

„Du siehst gut aus, Marissa“, flüsterte sie ihrem Spiegelbild zu. „Mach dich nicht verrückt, bevor du überhaupt das Haus verlassen hast.“

Sie schaute auf die Uhrzeit auf ihrem Handy. 5:59 Uhr.

„Mist.“

Danny hatte gesagt, er würde sie um Punkt sechs Uhr abholen, also schnappte sie sich, sobald sie sich sofort ihre Handtasche und einen Mantel und eilte zur Haustür. Er fuhr gerade vor, als Marissa aus der Eingangshalle trat, und ihr klappte beim Anblick seines glänzenden, obsidianfarbenen Tesla Model S fast die Kinnlade runter.

Sie ging langsamer, um die schnittige Karosserie des Autos besser betrachten zu können. In der Zwischenzeit griff Danny hinüber, um ihre Tür zu öffnen.

Marissa stieg zu ihm ins Auto und grinste. „Dachtest du etwa, ich bin es nicht wert, mich mit einem Ferrari zu beeindrucken?“

„Irgendetwas sagte mir, dass du dezenten Luxus mehr zu schätzen weißt, genau wie ich.“ Danny zuckte mit geübter Nonchalance mit den Schultern, aber seine Augen schimmerten vor Heiterkeit. „Aber wenn du willst, können wir zuerst zu mir fahren und ein anderes Auto nehmen.“

„Nein, du hast recht. Das hier ist mir viel lieber.“

Danny fuhr los, und Marissa nahm sich etwas Zeit, um ihn genauer zu betrachten. Er war immer stets sehr gut gekleidet und sein Stil passte zu ihm. Heute trug er einen schwarzen Blazer und eine Krawatte mit einem hellroten Hemd, eine Farbe, die einen Hauch von Rot in seinem Haar und seinen Augen hervorzuheben schien. Das war eindeutig Absicht und verlieh einem Mann, der ohnehin schon unwiderstehlich gut aussah, eine weitere Prise Sexyness. Während Marissa ihn anstarrte, hätte sie beinahe vorgeschlagen, *vor* dem Abendessen kurz irgendwo, wo sie allein wären, anzuhalten, damit sie ein wenig von der Erregung abbauen konnte, die sich bei seinem Anblick in ihrem Schoß aufgebaut hatte.

Ein Kloß bildete sich in ihrem Hals, und sie schaffte es schließlich, ihren Blick abzuwenden und stattdessen die vorbeiziehende Stadt zu betrachten. Sie fuhren bereits durch die Innenstadt von Blackfall, vorbei an den abendlichen Menschenmassen, die durch die Straßen schlenderten, vorbei an den besten Restaurants der Stadt. Marissa sah, wie alles im Außenspiegel verschwand, und als Danny weiterfuhr, ohne langsamer zu werden, wurde sie neugierig.

„Ich hätte nicht gedacht, dass es so weit außerhalb der Stadt noch gute Restaurants gibt", sagte Marissa.

Danny schenkte ihr ein verschmitztes Lächeln. „Die meisten der besten Lokale liegen außerhalb der ausgetretenen Pfade, meine Liebe. Ich habe heute Abend etwas ganz Besonderes für dich vorbereitet."

„Kannst du mir einen Tipp geben? Welche Art von Küche?"

„Was immer du magst."

„Was, wenn ich Steak mit Eis und Currysoße möchte?"

Danny verzog das Gesicht. „Das wäre eine Gräueltat gegenüber dem Essen. Das kannst du unmöglich wollen."

„Wie es aussieht, schaffe ich es immer wieder, dich zu überraschen."

„Na gut, wenn du das *wirklich* essen willst, könnten wir sicher irgendeinen Koch bestechen, damit er ein solch abscheuliches Verbrechen begeht. Aber ich bin mir sicher, dass so etwas in der kulinarischen Welt das Äquivalent zu Mord wäre. Da wird sich kaum jemand finden, der das ausführt."

„Keine Sorge", lachte Marissa. „Ich bin nicht so

versessen darauf, dass irgendein armer Koch heute Abend deswegen seine Seele verkaufen muss."

Danny warf ihr einen Blick zu, während er die kurvenreiche Straße zwischen den Hügeln hindurch zu ihrem geheimnisvollen Ziel entlangfuhr. Er sah aus, als wollte er etwas sagen, und Marissa schaffte es schließlich, ihm in die Augen zu sehen. Er schaute nicht weg.

„Du siehst heute Abend wunderschön aus", flüsterte er.

„Tue ich das nicht immer?", entgegnete sie und täuschte die Vertrautheit vor, die sie sich zwischen ihr und ihm wünschte. Aber immer, wenn er sie so ansah, als würde er durch sie hindurchschauen, wurde sie ganz unsicher.

Er lächelte und richtete seinen Blick wieder auf die Straße. „Mehr als sonst."

Plötzlich sah sie vor sich Flutlichter auf Stangen vor einem großen Metalltor. Gleich dahinter plätscherte das Meer an den weißen Sandstrand. Die untergehende Sonne ließ den Sand wie leuchtender Gold- und Orangenstaub aussehen, und Marissa war hellwach.

Aber es war nicht der Strand, der ihre Aufmerksamkeit erregt hatte, sondern das, was dahinter war: der lange Pier und eine *Jacht*! Sie war so riesig, dass sie wie ein Stück der Klippen aussah, und mindestens drei- oder viermal so groß wie ihre neue Wohnung – und ihre neue Wohnung war nicht gerade klein.

„Das hätte mich nicht überraschen dürfen, dass du eine Jacht hast", sagte sie.

„Aber du bist es!" Danny grinste, offensichtlich erfreut über ihre Reaktion. Er fuhr durch das Tor und parkte auf dem fast leeren Parkplatz direkt am Wasser.

Marissa war so gefangen von der Jacht, dass sie zuerst gar nicht bemerkte, wie Danny um das Auto herumging, die Beifahrertür öffnete und ihr seine Hand hinhielt.

Ein wenig verlegen ergriff sie sie und ließ sich von ihm hinaushelfen. Er nutzte den Schwung aus, um sie nahe an sich heranzuziehen, viel näher, als es Marissa lieb gewesen wäre. Wärme entströmte seinem Körper – ein starker Kontrast zu der kühlen, frischen Nachtluft. Er glitt mit seinen Händen an ihrer Taille entlang. Es war nur eine leichte Berührung, aber genug, um sie ein wenig erschauern zu lassen. Danny wäre doch nicht so sehr von sich selbst überzeugt, um sie zu küssen, bevor ihr Date überhaupt angefangen hatte, oder?

Vielleicht konnte er es sich erlauben, ein wenig eingebildet zu sein, und je mehr Sekunden vergingen, desto mehr wollte Marissa einfach nur, dass er sie gegen den Tesla drückte und mit ihr rummachte. Es fühlte sich an, als wäre eine Ewigkeit vergangen – obwohl es nicht mehr als zwanzig Sekunden gewesen sein konnten –, bis Danny eine Hand auf ihren Rücken legte und sie vom Auto wegführte.

Er nickte in Richtung der riesigen Jacht. „Willkommen auf der Saint Martha, dem besten Restaurant in Blackfall."

„Das Beste, weil es sich bewegt, oder wegen des guten Essens?", fragte Marissa.

„Beides natürlich. Ich verzichte nie auf Qualität zugunsten von Unterhaltung."

Sie stiegen die Rampe zum Schiffsdeck hinauf, und Marissa atmete den leichten Duft von Meer und Salz ein – einem der wenigen Gerüche, an denen sie sich nie würde sattriechen können. Unter anderem deshalb war sie froh, nach Blackfall gezogen zu sein, das viel näher am Meer lag als ihr vorheriger Wohnort im Landesinneren. Nicht, dass sie bei ihrem derzeitigen Arbeitspensum vorhatte, oft an den Strand zu gehen – aber eines Tages würde sie das wahr machen. Allein die Tatsache, dass der Strand näher war, machte die Vorstellung realistischer.

Danny führte sie in die oberste Etage. Dort stand ein kleiner, gedeckter Tisch gedeckt, wie man sie aus Fünf-Sterne-Restaurant kennt. Von dort aus hatten sie einen ungehinderten Blick auf den Sonnenuntergang, der die Wellen des Ozeans in rosa, lila und blauen Tönen erstrahlen ließ.

„Eine atemberaubende Aussicht, nicht wahr?“, fragte Danny.

Marissas Herz krampfte sich zusammen. „Es ist unbeschreiblich schön.“

„Warte, bis wir weiter draußen auf dem Meer sind. Komm, setz dich.“ Er zog einen Stuhl für sie hervor, aber es dauerte noch einige Augenblicke, bis sich Marissa vom Anblick des Meeres losreißen konnte. Aber sie würde die ganze Nacht dafür Zeit haben, und momentan sollte sie von dem Mann verzaubert sein, der sie hierhergebracht hatte, nicht vom Meer.

„Was steht auf der Speisekarte?“, fragte sie.

„Das habe ich dir doch gesagt. Alles, was du möchtest.“ Er lächelte, und das Licht des Sonnenuntergangs spiegelte sich in seinen Augen, als er sich ihr gegenüber hinsetzte. Einen Augenblick lang wirkten seine bernsteinfarbenen Augen wie herrliche, glühende Rubine. Fast unnatürlich schön. Marissa wünschte sich, es wäre nicht nur ein Trugbild des Lichts gewesen. „Solange es kein Verbrechen gegen die Kochkunst ist.“

„Ist das dein Ernst?“

„Ja, natürlich. Die Saint Martha steht mir persönlich zur Verfügung, und wenn es ums Essen geht, habe ich manchmal Gelüste nach exotischeren Dingen. Sie ist besser bestückt als jedes Restaurant, das du dir vorstellen kannst, und hat einen Koch, der in der Lage ist, so ziemlich alles zu kochen.“

Marissa tat, als würde sie konzentriert nachdenken. Sie konnte sich *alles* wünschen, aber sie hatte keine Ahnung, was ein Mann der gehobenen Klasse mögen würde. Würde er ihre Wahl belächeln? Vor ein paar Tagen hätte sie das noch befürchtet. Aber nun, nach ihrer vorherigen Unterhaltung über Essensdelikte, nicht mehr. Während sie nachdachte, wehte auf einmal ein Wind, und der Boden bewegte sich. Ehe sie sich's versah, steuerten sie auf das offene Meer zu, und das Ufer entfernte sich langsam hinter ihnen.

Danny stützte das Kinn auf die Hände. „Und? Was geht in deinem hübschen Kopf vor?"

„Sushi."

Ein strahlendes Lächeln erhellte Dannys ohnehin schon wunderschönes Gesicht. „Mein Lieblingsessen! Irgendwelche besonderen Wünsche?"

„Überrasche mich einfach."

Danny zückte sein Handy, tippte etwas auf den Bildschirm und steckte es dann weg. „Der Koch bereitet unser Essen vor."

„Einfach so?"

„Einfach so."

Marissa neigte den Kopf zur Seite, überwältigt davon, wie einfach und doch kompliziert Danny und sein Leben waren. Wie konnte jemand so viel Reichtum angehäuft haben und dabei so lässig auftreten? War er es einfach gewohnt, eine Jacht, ein großes Unternehmen und persönliche Köche zu haben? War er so aufgewachsen? Marissa hätte ihm gerne tausend Fragen gestellt. Sie wollte mehr über ihn erfahren, aber keine ihrer Fragen schien passend für ein erstes (oder zweites) Date zu sein.

Eine der Säulen war in Kursivschrift mit dem Namen der Jacht verziert: *Saint Martha*. Marissa fand, dass Danny einen ungewöhnlichen Namen für das Schiff ausgesucht hatte. „Saint Martha. Hmm. Ich hätte nie gedacht, dass du ein religiöser Mensch bist."

„Ich würde mich nicht unbedingt als solchen bezeichnen", erwiderte er. „Es überrascht mich aber, dass du nicht erkennst, warum ich diesen Namen ausgewählt habe."

„Ist es eine Anspielung auf etwas?"

„Du bist diejenige, die behauptet hat, sich für Drachen zu interessieren", sagte Danny. Er hob neckend die Augenbrauen, als wollte er ihr die Geschichte vorenthalten. „Die heilige Martha war eine Drachentöterin – in gewisser Weise."

„*Oh*. Das ist ... wow. Was meinst du mit ‚in gewisser Weise'?"

„Na ja, sie hat keinen Drachen getötet. Sie hat einen Drachen, der ein Dorf angegriffen hat, gezähmt. Und als er dann zahm war, hat eine Horde wütender Dorfbewohner den Mord begangen. Sie hatte eigentlich nicht gewollt, dass er stirbt."

„Hmm. Ich schätze, die Menschen haben immer Angst vor dem, was sie nicht verstehen. Die Dorfbewohner haben ihn als eine gefährliche Bestie betrachtet", sagte Marissa.

„Ja", stimmte ihr Danny zu, „und die heilige Martha hat mehr in ihm gesehen. Wenn nur mehr Menschen so wären wie sie."

Er schwieg eine Weile und sah Marissa nicht an. Stattdessen starrte er mit einem traurigen Gesichtsausdruck auf den Ozean hinaus. Sie war sich nicht ganz sicher, was sie davon halten sollte. Hatte sie etwas Falsches gesagt, oder steckte einfach mehr hinter der Geschichte?

Dannys Hand wanderte zu den silbernen Drachenkopf-Manschettenknöpfen, und er drehte sie nachdenklich zwischen den Fingern. Es steckte etwas mehr hinter seinem Interesse an Drachen, als es auf den ersten Blick den

Anschein hatte, dachte Marissa. Es beeinflusste ihn auf subtile Weise und ging über den Namen der Jacht und die Manschettenknöpfe hinaus. Ein Interesse, das er von seinem Vater geerbt haben könnte, oder vielleicht von einer früheren Liebhaberin?

Ein paar Augenblicke später, als der Kellner mit einer kühlen Flasche Wein zu ihnen an den Tisch trat, fasste Danny sich jedoch wieder. Sobald der Kellner gegangen war, schenkte Danny Marissa wieder eines seiner charmanten Lächeln und goss den Wein in die Gläser. Dieses Lächeln bescherte Marissa eine angenehme Gänsehaut, und beinahe vergaß sie seinen tieftraurigen Blick und verlor sich in der Erinnerung, wie sich seine Lippen auf den ihren angefühlt hatten. Die seltsame Mischung aus Zartheit und Hunger, wie ein Raubtier, das Angst hat, seine Beute zu verletzen. Eine unglaubliche Mischung.

Sie wollte, dass er sie wieder küsste. Irgendwann heute Abend, das wusste sie, würde er es tun, und ihr Körper kribbelte vor Erwartung.

„Ich liebe Geschichten aus der Vergangenheit", sagte Danny und hob sein Glas, „weil sie einem helfen, einzuschätzen, was man von der Zukunft erwarten und wie man sie verändern kann. Um etwas Besseres zu erschaffen."

„Wie das, was du mit dem Lifesaver vorhast", sagte Marissa.

„Genau das, aber heute Abend ist kein Abend, um über die Arbeit zu reden."

Sie nippte an ihrem Wein und nahm sich Zeit, das leicht süße, samtig-weiche Getränk zu genießen. Danny hatte wirklich einen guten Geschmack in Sachen Wein.

„Worüber sollen wir dann reden?"

Danny beugte sich näher zu ihr, so subtil, dass sie es übersehen hätte, wenn sie nicht von Anfang an auf jede seiner Bewegungen eingestellt gewesen wäre. Die Intensität seines Blickes ließ sie erstarren, und Marissa hielt den Atem an.

„Dich“, antwortete er und schwenkte dann sein Glas, als hätte er die normalste Sache der Welt gesagt.

„M... mich?“

„Ja, du, meine geheimnisvolle Sonnenblume. Wie kommt es, dass du ausgerechnet in Blackfall gelandet bist und nicht in L.A. oder San Francisco? Sind das nicht die Städte, in die heutzutage alle jungen Menschen hinwollen?“

Marissa lachte. „Das könnte ich dich ebenso fragen. Sollten Sie nicht im Silicon Valley sein, Mr. Langton?“

Etwas wie unbändiger Hunger blitzte in Dannys Augen auf, als sie ihn so nannte, und Marissa stockte der Atem. Wäre nicht just in diesem Augenblick der Kellner mit einer riesigen Sushi-Platte um die Ecke gekommen, wüsste sie nicht, wie Danny reagiert hätte. Der Kellner stellte das Essen vor sie hin und verschwand ohne ein weiteres Wort, vermutlich, weil Danny ihm vorher Anweisungen gegeben hatte und alles, was sie brauchten, von seinem Smartphone aus anfordern konnte.

„In Kalifornien kann man überall jemand sein, darum ist es perfekt für Angeber“, sagte Danny. Er schenkte ihnen beiden jeweils eine Schale mit Sojasoße ein. „Deshalb habe ich mich entschieden, mich von San Francisco loszusagen. Die Leute dort können ihre Spielchen spielen und so tun, als wären sie Fische, die in einem Aquarium gefangen sind. Aber ich bin ein Falke, ich bin frei, die Welt ohne diese künstlichen Grenzen zu verändern. Ich bin nicht nur ein CEO, meine Liebe. Hier in Blackfall habe ich die Möglichkeit, alles zu sein, was ich sein will. Welches Leben kannst du dir hier im Gegensatz zu dort aufbauen?“

Marissa wich der Frage zunächst aus, indem sie sich ein

Stück Sushi schnappte: eine würzige Thunfischrolle. Das war das beste Sushi, das sie je in ihrem Leben gegessen hatte. Wow! Eine perfekte Mischung aus Schärfe und Umami.

Während sie kaute, dachte sie über Dannys Frage nach. Er fing auch an zu essen und schien zufrieden, ihr Zeit zum Nachdenken zu geben. Marissa hatte ihr ganzes Leben in Kalifornien verbracht, sogar in Sacramento Medizin studiert. Also war sie nicht hierhergekommen, um vor etwas zu fliehen oder um sich eine neue Identität zu finden, wie so viele andere. Aber stimmte das wirklich? Sie war hierhergekommen, um sich ein völlig neues Leben aufzubauen, weg von ihrer Familie und allem anderen, das sie bisher gekannt hatte.

Aber das konnte sie Danny nicht sagen. Eine zerbrochene Familie zu haben, war nicht gerade sexy.

„Ich bin hierhergekommen, um herauszufinden, wer ich wirklich bin", antwortete sie schließlich. „Und um mir eine Karriere aufzubauen. Es ist eigentlich ziemlich einfach."

„Du hast über mehr nachgedacht als das", sagte Danny. Es war nicht anklagend, eher neugierig. „Eine Frau wie du trifft keine impulsiven Entscheidungen."

Woher kannte er sie so gut? Es war, als ob er ihre Gedanken lesen könnte oder auf Seiten von ihr eingestimmt war, von denen sie nicht gewusst hatte, dass sie existierten. Anstatt ihn jedoch nach den Wahrheiten suchen zu lassen, die sie vor ihm verbarg, drehte Marissa den Spieß um. „Mr. Genius Extraordinaire", sagte sie schmunzelnd, „lass dein Ego nicht zu sehr außer Kontrolle geraten. Ich versichere dir, dass ich nicht hierhergekommen bin, um dich zu suchen."

Danny grinste, aber er schien zu verstehen, dass Marissa nicht über ihre wahren Gründe sprechen wollte. „Das heißt aber nicht, dass du meine Anwesenheit nicht genießen kannst."

Angesichts der versteckten Andeutungen hinter diesem Satz breitete sich Wärme in Marissa aus. Ja, sie könnte seine Gesellschaft einfach für eine Nacht oder mehr genießen. Marissa wusste, was sie nun wollte. *Mehr*. Jedes Mal, wenn Danny sprach oder sich bewegte, reagierte sie auf ihn. Sie wollte näher bei ihm sein, ihn berühren, alles über ihn wissen, was es zu wissen gab. Sie aßen das restliche Sushi, sprachen über das Essen selbst, die Zubereitung und andere Speisen, die sie zuvor probiert und genossen hatten. Danny hatte es ernst gemeint, als er gesagt hatte, dass er manchmal exotische Gelüste hatte.

Es kam ihr vor, als wäre in dieser Nacht eine Verbindung zwischen ihnen entstanden; etwas, das Marissa nicht erklären konnte. Es war absolut nicht das, was sie von diesem Date erwartet hatte, und es zerstörte all die Mauern, die sie über Jahre hinweg aufgebaut hatte, weil sie ständig mit den Unzulänglichkeiten ihrer Familie konfrontiert gewesen war, mit dem Scheitern der Beziehung zwischen ihrer Mutter und ihrem Vater. Und jedes Mal, wenn sie versuchte, mithilfe der Gründe, die jahrelang funktioniert hatten, das Band, das zwischen ihr und Danny geknüpft wurde, zu zerschneiden, scheiterte sie grandios.

Als Danny also aufstand und sagte: „Komm, lass uns die Aussicht richtig genießen, bevor wir zum Ufer zurückkehren", stand Marissa ebenfalls auf und folgte ihm, ohne groß darüber nachzudenken.

8

DANNY

Danny legte die Hand auf Marissas Taille und führte sie zur Reling, von der aus sie den Ozean überblicken konnten. Sie waren bereits so weit hinausgefahren, dass das Ufer nicht mehr zu sehen war. Es gab nur sie beide, und keine Menschenseele konnte sie stören. Er liebte es, wie sich ihre Taille anfühlte, so schlank und zierlich. Zwar hatte er Angst, dass eine falsche Bewegung sie verletzen könnte, aber er konnte das Verlangen, das durch ihn hindurch pulsierte, nicht zurückhalten. Zumindest nicht mehr lange.

Sie lehnten sich gegen die. Die Sonne war mittlerweile komplett untergegangen, und der Mond spiegelte sich nun auf den sich sanft kräuselnden Wellen. „Wow, wir sind weit genug von der Stadt entfernt, dass wir hier draußen die Sterne sehen können. Es ist schon so lange her ...“, sagte Marissa und lehnte sich ein wenig näher an Danny heran.

Danny hielt sie weiterhin fest und ließ es nicht zu, dass sie sich wieder von ihm entfernte.

„Deshalb liebe ich es, so weit rauszufahren“, flüsterte

Danny, seine Stimme ein wenig rauchiger als er beabsichtigt hatte, aber er liebte es zu sehen, wie sie darauf reagierte. „Auf dem Meer zu speisen, unter den Sternen ... hier Zuflucht zu nehmen, kann ich mir nicht oft erlauben, aber für besondere Nächte wie diese nehme ich mir die Zeit."

Marissa versteifte sich ein wenig, aber sie drückte sich auch näher an ihn. Die Wärme, die sie ausstrahlte, ließ Dannys Herz schneller schlagen, und obwohl er zuvor jede ihrer Bewegungen, jeden ihrer Atemzüge wahrgenommen hatte, spürte er jetzt alles noch deutlicher. Das brennende Verlangen, ihre Haut auf seiner zu spüren, ihre Lippen auf seinen, war fast unerträglich.

„Ich bin überrascht, dass du nicht jede Nacht hier draußen bist", sagte sie.

„Ich wäre es gerne. Ich arbeite manchmal hier draußen, nur um der Stadt zu entfliehen. Aber es ist auch etwas einsam, auch wenn es wunderschön ist. Und ich möchte Saint Martha nicht in ein Partyboot verwandeln. Um hier draußen jeden Tag Zeit zu verbringen ... bräuchte ich einen besonderen Menschen, der bei mir ist."

Marissa drehte den Kopf in seine Richtung. „Ich bin mir sicher, dass du einen solchen finden wirst."

Als Danny das gesagt hatte, war das ohne jeden Hintergedanken gewesen. Aber jetzt, da er hier mit Marissa war und seine Worte sich im Meer, das ausgebreitet vor ihnen lag, verloren, fragte er sich, ob es möglich war, dass Marissa dieser besondere Jemand wäre. Es gab etwas unbestreitbar Perfektes an ihr, etwas, das ihn immer wieder zu ihr hinzog, auch wenn sie ihn wegstieß.

Als sie sich zum ersten Mal begegnet waren, hatte Danny in Marissa eine Herausforderung gesehen, eine Frau, die ihm widerstanden hatte und die er zu einer einzigen Nacht in einem gemeinsamen Bett hatte verführen wollen.

Aber seitdem hatten sich seine Haltung und vor allem seine Gefühle verändert. Jede Faser seines Wesens wollte mit ihr schlafen, aber dasselbe Verlangen wollte sie auch ganz zu der Seinen machen.

In diesem Augenblick wusste er allerdings nicht, welchem Verlangen er nachgeben sollte. Er strich eine lose Strähne ihrer blonden Haare zurück, die der Wind aus ihrem Knoten gelöst hatte. Dann legte er die Hand auf ihren Nacken und zog Marissa näher zu sich heran, nah genug, dass ihre Lippen leicht die seinen berührten. Dieses Mal gab es kein Zögern, und das Verlangen übernahm die Kontrolle über sie beide. Ihre Lippen waren heiß, wie die Wellen der Lust, die gegen jeden Nerv in Dannys Körper schlugen.

Er wollte jeden Zentimeter von ihr spüren, angefangen mit ihrem Mund. Ihre Lippen umschlossen einander, bewegten sich hin und her, knabberten und leckten. Ihre Zungen spielten miteinander, und Danny ließ Marissa die Kontrolle übernehmen, und sie schob ihre Zunge tief in seinen Mund. Er umschloss ihre Taille fester und zog sie ganz zu sich heran. Ihre Kurven passten perfekt zu ihm, und er fuhr mit seinen Händen ihren Rücken entlang, am Reißverschluss ihres Kleides, das ihn die ganze Nacht gereizt hatte. Es zeigte genug, dass er ihren Körper die ganze Nacht darin bewundern könnte. Aber es verbarg auch genug, um es ihr vom Leib reißen zu wollen, um alles sehen zu können.

Dannys Hände ließen Marissas Taille los und umfassten ihren Hintern fest genug, um sie auf die Reling heben zu können. Ihre Beine umklammerten instinktiv seine Hüften, genau so, wie er es sich gewünscht hatte.

„Danny …", stöhnte sie in seinen Mund, aber er erlaubte ihr nicht, sich zu entfernen.

Er hatte beim Hochheben kurz ihr weißes Höschen

gesehen, und obwohl er gerne mehr davon hätte sehen wollen, so wollte er doch noch ein wenig mit ihr spielen. Er drückte seine Hüften gegen ihren Schritt und rieb die größer werdende Beule in seiner Hose an ihr. Sie erschauderte und schlang ihre Beine fester um ihn und die Arme um seinen Hals.

Danny hielt sie fest, presste seine Lippen auf ihr Ohr und saugte an ihrem Ohrläppchen. Seit sie sich zum ersten Mal begegnet waren, hatte Marissa sich bemüht, ihn nicht merken zu lassen, wie sehr sie sich zu ihm hingezogen fühlte. Jetzt zeigte sie ihm ungeniert, wie sehr sie ihn begehrte, und folgte jeder kleinen Andeutung und Bewegung, die er machte. Es war fast so, als wüsste sie genau, was er von ihr wollte, und war bereit, ihm alles zu geben.

Sein Schwanz wurde so steif, dass seine Hose ihm wie ein Käfig vorkam. Er musste ihn freilassen und Marissa spüren.

„Ich kann dich hier an der Reling nehmen", flüsterte er ihr ins Ohr, „oder im Bett. Du hast die Wahl."

Es gab nur diese zwei Möglichkeiten. Es war zu spät, um umzukehren. Danny wusste, was er wollte, und er wollte sie. Als sie nicht sofort antwortete, drückte er sich gegen sie und wiegte die Hüften. Er neigte das Gesicht nach unten und fand ihre Brüste direkt unterhalb seines Kinns. Er vergrub das Gesicht in ihrem Dekolleté und saugte ihren Duft ein. Dann schob er das Kleid nach unten.

Ihre Brüste sprangen sofort frei, und ihre Brustwarzen waren kaum vom BH bedeckt. Deren zartes Rosa war am Stoffrand zu sehen, und Danny legte sie mit seinen Fingern frei. Er presste ihre Brüste sanft zusammen, was Marissa ein leises Stöhnen entlockte. Sie drückte ihren Rücken durch, als ein Windstoß an ihnen vorbeibrauste, der die Reling zum Wackeln und ihre Haare durcheinanderbrachte. Sie zitterte.

„Bett", keuchte sie. „Zu kalt."

Danny widersprach nicht, sondern hob sie einfach hoch, hielt sie fest an sich gedrückt und ging zum Innenbereich der Jacht. Dort presste er Marissa gegen die Wand neben der Tür, und ihre Lippen begegneten sich wieder, eine willkommene, köstliche Wärme, die einen Kontrast zu der vorherigen Kälte der Nacht bildete. Magie flackerte von seinen Fingerspitzen, als er mit den Händen über ihren Körper strich, einfach aus Gewohnheit, die sich verdichtete, weil er die Kontrolle über sich selbst verlor. Aber seine Magie verflüchtigte sich in der Luft und zeigte keine Wirkung bei ihr. Dennoch reagierte sie genau so, wie Danny wollte – und das war noch schöner, noch echter.

Ihre Zungen rangen miteinander, und sie begann, sein Hemd aufzuknöpfen. Danny tastete nach dem Türknauf und führte sie hinein. Drinnen war es viel gemütlicher und ruhiger, und statt dem Wind in seinen Ohren und dem Rauschen des Meeres konnte er nun jedes Stöhnen aus Marissas Mund ganz deutlich hören.

Sie atmeten beide schwer. Endlich riss Marissa Danny das Hemd vom Leib, und er legte sie aufs Bett. Sie hatte auch seinen Gürtel aufgemacht, ohne dass er es bemerkt hatte, und innerhalb von Sekunden war er nackt. Marissa trug nur noch ihren Slip, der wie eine Barriere zwischen ihnen stand. Ihre Haut war wie Feuer, der wahr gewordene Traum von etwas Himmlischem aus einer anderen Welt. Der weiße Stoff zwischen ihren Beinen war bereits von ihrem Verlangen nach ihm durchtränkt, und sie zuckte zusammen, als er mit seinen Fingern über sie strich, ihr Höschen auszog und es beiseitewarf.

Ohne Vorwarnung ließ Danny einen Finger in sie gleiten. Es sollte ein kurzer Test sein, um zu sehen, wie bereit sie wirklich für ihn war. Aber sie war so feucht und heiß und zog sich so sehr um seinen Finger zusammen, als hätte sie ihn bereits sehnlichst erwartet. Er wusste aber, dass sie eigentlich seinen Schwanz wollte, also bewegte er seinen Finger und massierte ihre Wände gerade so weit, dass sie erzitterte.

„Oooh", stöhnte sie, als er seinen Finger zurückzog, als ob sie mehr erwartet hätte.

Danny wollte mit ihr spielen, bis sie seinen Namen schrie, aber er war sich mittlerweile sicher, dass sie mehr als nur eine Nacht miteinander verbringen würden. Sie würden beim nächsten Mal genug Zeit haben, den Körper des anderen zu erkunden. Im Moment war er von seinem animalischen Verlangen erfüllt, ihr so nahe wie möglich zu sein.

Er umfasste ihre Oberschenkel und schob Marissa gegen das Kopfteil des Bettes. Dabei positionierte er seinen Schwanz an ihrem vor Feuchtigkeit glitzernden, rosa Eingang. Sie war eine Augenweide: eine sich hebende und senkende Brust, vom Wind zerzauste Haare, ihr leicht geöffneter Mund.

„Lass mich nicht länger warten", flüsterte sie und griff nach seinen Händen. Sie zitterte, als sie ihn nach vorne zog, und bewegte sich mit zunehmender Verzweiflung und Lust.

Danny positionierte seine Hüften zwischen ihren Schenkeln und seine Eichel berührte sie zwischen ihren Beinen, genau an ihrem feuchten Eingang. Er stieß langsam in sie hinein, ließ sie sich um ihn herum ausbreiten. Marissa keuchte, als er sie ausfüllte, und Danny stöhnte und schloss die Augen, um die aufsteigenden Wellen der Lust in ihm zurückzuhalten.

„Du fühlst dich so gut an", sagte er und stieß weiter, bis er so tief in ihr war wie möglich.

Er beugte sich über sie, seine Brust auf ihren Brüsten ruhend, fand ihre Lippen und küsste sie mit der ganzen Vehemenz seiner Lust. Mit jedem Kuss und jedem Stöhnen wollte er ihr zeigen, wie viel Macht sie über ihn hatte. Dannys Hüften begannen sich zu bewegen, gerade genug, um sie beide in Brand zu stecken. Noch nie hatte er mit jemandem geschlafen, der so perfekt war. Sie passten zusammen, als wären sie füreinander bestimmt, und ihre Körper fügten sich als zwei Hälften endlich wieder zu einem Ganzen.

Danny bewegte sich schneller, und Marissas bebendes Keuchen verwandelte sich in etwas Kraftvolleres. Sie stöhnte und schrie, und jedes Stöhnen und jedes Zucken ihrer Muskeln war ein Flehen an ihn, sie bis zum Ende zu bringen. Ein raues Knurren drang aus seinem Mund, als sie den wilden Teil in ihm wiedererweckte, den Teil von ihm, der Marissa ganz für sich haben musste – koste es, was es wolle.

Sie waren eine einzige Verschmelzung aus Lust, Hitze und Leidenschaft. Marissa schrie über Dannys Stöhnen hinweg, bis sie schließlich zusammen kamen. Er ließ sich neben Marissas bebenden Körper fallen und küsste ihre Wange. Dann zog er sie auf seine Brust und nahm die köstliche Mischung aus Schweiß, Erregung und ihrem zarten Blumenduft in sich auf. Beide atmeten sie schwer, hielten sich aber gegenseitig fest umschlungen.

Danny war sich nicht sicher, ob er sie jemals wieder würde loslassen können. Er streichelte ihren Kopf, und seine Finger verfingen sich in ihren langen, blonden Strähnen. „Lass uns heute Nacht einfach hierbleiben, Liebes."

„Mmm. Okay“, murmelte Marissa und kuschelte sich näher an ihn, sodass ihr sanfter Atem Dannys Hals kitzelte.

Er ließ sich vom Rhythmus ihres gemeinsamen Herzschlags in den Schlaf lullen, und dort ruhten sie in einem Zustand absoluter Glückseligkeit.

Der Schrei der Möwen ließ Danny aus dem Schlaf aufschrecken, und er blinzelte im schwachen Morgenlicht, das seine Kabine erfüllte. Deren glatte, weiße Wände waren mit geschmackvollen Gemälden bedeckt. Neben dem Bett war das kleine Fenster gekippt, also musste er es irgendwann in der Nacht geöffnet haben, um frische Luft hineinzulassen, obwohl er sich nicht daran erinnern konnte, aufgestanden zu sein.

Marissa war immer noch an seine Seite gekuschelt und schlief fest. Sie sah so friedlich aus, und all der Stress und ihre übliche Steifheit und Reserviertheit waren wie weggewaschen. Er wollte sie nicht stören, aber er konnte nicht anders und strich ihr mit dem Daumen über die Wange. All das hier schien ihm wie ein zerbrechlicher Traum: Er konnte kaum glauben, dass sie hier war, dass er sie tatsächlich überzeugt hatte, eine Nacht mit ihm zu verbringen, trotz all der Steine, die ihnen zuvor in den Weg gelegt worden waren.

Aber das war wert gewesen. Nicht nur, dass er gerade den besten Sex seines Lebens gehabt hatte, sondern alles schien darauf hinzudeuten, dass sich zwischen ihnen etwas Größeres entwickelte. Zwar hatte er anfangs nur mit ihr schlafen wollen, aber jetzt war er sich nicht mehr so sicher, ob das ausreichen würde, um ihn zufriedenzustellen. In Marissa steckte viel mehr als in jedem anderen Menschen, dem er je begegnet war. Auch sie hatte ihre Geheimnisse, ein ganzes Leben, von dem er nichts wusste, es aber wissen *wollte.*

Nie zuvor hatte Danny erwogen, jemandem die Wahrheit über sich zu erzählen – dass er ein Magma-Drache war, ein Gestaltwandler, der in zwei Welten lebte. Er nahm an, dass sie einigermaßen gut darauf reagieren würde, aber es war viel zu früh. Er musste erst sehen, wie sich das Ganze weiterentwickelte.

„Mmm ...“, machte Marissa, als sie sich endlich zu rühren begann. „Es riecht nach Ozean.“

„Guten Morgen, Liebes.“ Er strich ihr ein paar Strähnen aus dem Gesicht, und sie blinzelte zu ihm auf. Als die Schläfrigkeit aus ihren Augen gewichen war, machte sich stattdessen Verwirrung auf ihrem Gesicht breit. Dannys Magen verkrampfte sich, und er wusste nicht, was er von dieser Reaktion halten sollte.

„Wie spät ist es?“, rief sie und setzte sich auf. Sie drückte das Laken über ihre Brüste, als sie merkte, dass sie nackt war.

„Es ist kurz nach acht. Musst du dringend irgendwo sein, oder ist es dir einfach peinlich, mit mir gesehen zu werden?“, scherzte Danny.

Zumindest für Danny war das ein Witz gewesen, aber sie errötete, und er fragte sich, ob es ihr vielleicht *wirklich* peinlich war.

„Ich ... Ich habe noch zu tun.“ Sie löste sich von Danny, aber für ihn fühlte es sich so an, als hätte sie einen Teil von ihm selbst weggenommen.

Danny legte ihr eine Hand auf die Schulter. „Mach dir

keine Sorgen. Es ist Freitag, die Praxis ist geschlossen. Ich habe auf der Website nachgesehen."

„Es gibt noch andere Arbeit. Papierkram." Sie rieb sich die Augen und begann, nach ihrer Kleidung zu suchen. „Ich muss gehen."

Danny sah ihr zu, wie sie sich anzog, und seine Besorgnis überschattete sein Verlangen, sie zurück ins Bett zu ziehen und sich mit ihr zu vergnügen. Seine Bestürzung wurde sogar noch größer, als sie versuchte, aus der Kajüte zu fliehen. Als sie die Eingangstür zu öffnen, blieb sie wie angewurzelt stehen – wahrscheinlich angesichts der Weite des Meeres, die sich vor ihr erstreckte. „*Nein.* Wie lange wird es dauern, bis wir wieder an Land sind?"

„Etwa zwanzig Minuten. Willst du bis dahin nicht wieder ins Bett kommen?", fragte er.

Sie reagierte nicht, was ihn noch mehr verletzte als ihre offene Ablehnung. Nach einer Weile zog sie die Stirn in Falten und rieb sich die Schläfen, als hätte sie Kopfschmerzen. Aber es schien, als wollte sie nur den Blickkontakt vermeiden. „Ich glaube nicht, dass das eine gute Idee ist", antwortete sie.

„Ist gut", sagte er, obwohl es das genaue Gegenteil von dem war, was er fühlte. Hatte er etwas falsch gemacht? Irgendwie alle Signale, die sie ihm gegeben hatte, falsch interpretiert? Hatte ihn sein Verlangen nach ihr übermannt, sodass er nicht gemerkt hatte, dass er zu weit gegangen war?

Als Marissa auf dem Deck verschwand und ihn drinnen zurückließ, ging er auf der Suche nach einem Grund für die Abweisung, die sie ihm gegenüber nun an den Tag legte, noch einmal jedes Detail der letzten Nacht durch. Aber er fand nichts. So sehr er auch glauben wollte, dass sie nur wegen ihrer Arbeit besorgt war – wie er sie kannte, war das nicht unwahrscheinlich –, so wusste er doch, dass da, als sie während der gesamten Rückfahrt schweigend neben ihm saß, noch mehr sein musste.

Und so machte sich Danny bei dem Versuch, herauszufinden, was schiefgelaufen war, beinahe verrückt, und begann zu überlegen, wie er Marissas Gunst wiedererlangen könnte.

9

MARISSA

Stapel von Papierkram und Aktenordnern lagen überall in Marissas Homeoffice verteilt, das sie nach Lauras Besuch endlich eingerichtet hatte, damit sie an den Tagen, an denen die Praxis geschlossen war, nicht dorthin gehen musste. Ihr Magen verkrampfte sich angesichts der vielen Arbeit, die vor ihr lag. Sie hatte sich hierfür entschieden, anstatt mehr Zeit mit Danny zu verbringen. Was in aller Welt war nur los mit ihr?

Sie war sich nicht sicher, was gestern Abend oder heute Morgen über sie gekommen war. Von dem Date mit Danny hatte sie erwartet, dass er sie in sein Bett locken und dass sie ihm nicht widerstehen können würde. Ihr war klar gewesen, dass es nur eine einmalige Sache wäre.

Aber sobald sie bei ihm gewesen war, war es etwas schwieriger geworden, ihr Verlangen nach ihm auf nur eine Nacht zu beschränken. Und am Morgen war sie mit so widersprüchlichen Gefühlen aufgewacht, dass sie nicht gewusst hatte, wie sie damit umgehen sollte.

Marissa schnappte sich einen Stapel Papiere und machte sich an die Arbeit, wobei sie versuchte, die

Gedanken an Danny zu verdrängen. Er war allerdings niemand, der sich so leicht verdrängen ließ. Sie dachte an seine Lippen, wie er die ihren berührt hatte; an das Gefühl seiner Hände auf ihren Schenkeln und zwischen ihren Beinen, die sich wie Feuer in ihre Haut gebrannt hatten. Sie erschauderte bei dem Gedanken an ihre gemeinsame Nacht. Geheimnisvoll, magisch – alles, was sie sich je erträumt hatte. Noch nie war sie so glücklich gewesen.

Und so sehr sie auch wusste, dass es keine gute Idee war, sich in einen Typen wie Danny zu verlieben, so sehr fürchtete sie, dass sie genau diesen Weg einschlagen würde. Es waren all die subtilen Dinge zwischen ihnen – die Art, wie er sie zum Lachen brachte und sie neckte, um ihre Mauer zu durchbrechen. Aber er hörte ihr auch zu und interessierte sich für das, was sie zu sagen hatte, und behandelte sie höchst respektvoll. Wenn man bedachte, dass ihr erster Eindruck von ihm gewesen war, dass er Frauen als Luxus-Sexspielzeug betrachtete, war das alles ein Schock für sie. Allerdings wusste sie genau, dass sich zwischen ihnen nie etwas Ernsthaftes entwickeln würde.

Zumindest, weil eine Beziehung sie von ihrer Arbeit abhalten würde, der Karriere, die sie in den letzten zehn Jahren aufgebaut hatte. Sie konnte nicht zulassen, dass ein flirtender Milliardär für ein paar Wochen in ihr Leben trat und ihr das ruinierte, nur damit er wieder dann wieder verschwinden könnte, sobald er eine andere Frau gefunden hatte, die hübscher und interessanter war als sie. Und davon gab es, da war sich Marissa sicher, bestimmt viele.

Die Papiere auf dem Schreibtisch rutschten hin und her, als ihr Handy nach ein paar Stunden Arbeit vibrierte. Marissa entsperrte es und sah eine Nachricht von einer nicht gespeicherten Nummer:

Guten Tag, Liebes. ;)

Bevor du dich darüber aufregst, dass ich deine Handynummer habe, denk daran: Du kannst ausschließlich deinem verschlafenen Ich die Schuld dafür geben. Es zu überreden, mir deine Nummer zu geben, war einfacher, als eine Tasse Tee zu bestellen. Wirklich, ihr zwei seid so verschieden wie Tag und Nacht. Wahrscheinlich wirst du dich mit ihr über Zusammenhalt und Loyalität und so weiter unterhalten wollen.

Obwohl er seinen Namen nicht daruntergesetzt hatte, war klar, dass die Nachricht von Danny war. Marissa konnte nicht anders: Sie strahlte. Es war ein sofortiger Verrat an ihrer Entschlossenheit, nicht mehr an das zu denken, was zwischen ihnen passiert war. Aber nach ihrer überstürzten Flucht an diesem Morgen hatte sie erwartet, dass er das Ganze auf sich beruhen lassen und annehmen würde, sie wäre nicht interessiert.

Es war nicht so, dass sie es *nicht* war, sondern sie hatte Angst, dass die Dinge nicht so laufen würden, wie sie es wollte.

Lange Zeit schwebten Marissas Finger über dem Bildschirm. Sie überlegte, wie sie auf Dannys Nachricht antworten sollte. Sie kämpfte immer noch einen inneren Kampf, ob sie nicht besser versuchen sollte, eine Geschäftsbeziehung mit ihm anstatt einer Romanze aufzubauen. Wie sollte sie sich nur verhalten?

Vielleicht war es nicht ihre Aufgabe, zu entscheiden, was sich zwischen ihnen entwickeln würde. Alles, was sie tun konnte, war, Danny ihr wahres Ich zu zeigen. Dann konnte sie immer noch sehen, wohin die Dinge führten, und sich nicht zu sehr in all dem Chaos verstricken, auf das sie ohnehin keinen Einfluss hatte.

Sie tippte eine kurze Antwort:

Ja, ich werde mich mit ihr unterhalten. Dieser Verräterin.

Ich wusste nicht, dass du Tee magst.

Marissa starrte ein paar Minuten lang auf den Chatverlauf und hoffte, dass trotz ihres totalen Mangels an Taktgefühl an diesem Morgen diese Antwort ausreichen würde, um ihm zu sagen, dass sie sich einfach nur dumm verhalten hatte und das, was letzte Nacht passiert war, nicht bereute. Oder sollte sie ihm das einfach offen sagen? Wäre es nicht besser, hier Klarheit zu schaffen, damit er wusste, woran er war?

Sie versuchte es mit einer Erklärung und Entschuldigung und änderte den Wortlaut mehrere Male. Dann stöhnte sie auf und legte ihr Handy beiseite. Sie konnte einfach nicht die richtigen Worte finden. Noch nicht. Und da Danny immer noch nichts erwidert hatte, würde sie warten müssen, bis sie eine Antwort von ihm erhalten hatte.

Diese kam schneller, als Marissa gedacht hatte. Sie hatte ihren ersten Stapel Papierkram abgearbeitet und wollte gerade aufstehen, um sich ein wenig die Beine zu vertreten, als ihr Handy erneut surrte. Diesmal stand Dannys Name über der Nachricht, da sie ihn zu ihren Kontakten hinzugefügt hatte.

Du wirst dich schwertun, etwas zu finden, das ich nicht mag, weißt du noch? Und ja, Tee liebe ich besonders: Weißen Tee mit Rose und Kamille. Hättest du es nicht so eilig gehabt, hätte ich einen solchen beim Frühstück mit dir getrunken, und du hättest ihn selbst probieren können. Ich bin sicher, dass er dir geschmeckt hätte.

Sie biss sich auf die Lippe. Danny hatte geplant, mit ihr zu frühstücken, und sie war wie eine komplette Vollidiotin abgehauen. In ihrem Bemühen, sich selbst zu schützen, hatte sie die Dinge vielleicht nur noch komplizierter gemacht. Während sie sich ein Mittagessen zubereitete – jetzt, wo sie ihren leeren Kühlschrank mit Lebensmitteln aufgefüllt hatte –, dachte sie darüber nach, wie es weitergehen sollte.

Vorher war sie sich nicht sicher gewesen, ob sie sich entschuldigen sollte. Aber nun wusste sie, dass sie es tun musste.

Es tut mir leid, dass ich heute Morgen so komisch war. Sie hatte *distanziert* oder *kalt* gestrichen, weil sie nicht genau wusste, was Danny von ihr erwartet hatte. Aber sie wusste, dass er ebenfalls der Meinung wäre, dass sie nicht ganz sie selbst gewesen war. *Die letzte Nacht war ein bisschen viel für mich. Ich weiß nicht, was über mich gekommen ist.* Fast hätte sie auf „Senden" gedrückt, aber dann fügte sie hinzu: *Ich hätte gerne mit dir gefrühstückt, aber ich musste wirklich zur Arbeit. Ich habe STAPELWEISE Papierkram.*

Marissa schickte die Nachricht ab und traf dann, als sie sich in ihrem Homeoffice umblickte, die impulsive Entscheidung, ein Bild machen und ihm dieses zu schicken – als Beweis.

Dieses Mal reagierte Danny sofort:

Du hast den Begriff „Workaholic" ganz neu definiert. Herzlichen Glückwunsch!

Ich werde es mir zum Ziel setzen, dir beizubringen, wie man Spaß hat, Liebes.

Ihr Herz wäre ihr vor Freude angesichts der Andeutung in dieser Nachricht fast aus der Brust gesprungen. Bildete sie sich das nur ein, oder wollte er sie wirklich wiedersehen?

Wenn das dein Ziel ist, hast du noch einen langen Weg vor dir. Irgendjemand muss sich ja schließlich um den Papierkram kümmern, schrieb sie halb im Scherz zurück.

Ich nehme die Herausforderung an. Wir beginnen gleich morgen mit einem Frühstück.

Marissa wollte gerade schreiben, dass sie eine Menge Arbeit zu erledigen hatte, aber er kam ihr zuvor:

Sollte der ganze Papierkram nicht der Job deiner Sprechstundenhilfen sein? Sag mir nicht, dass die beiden in Teilzeit arbeiten.

Sie wusste nicht, was sie darauf erwidern sollte. Alles, woran sie denken konnte, war, dass Danny sie morgen zum Frühstück ausführen wollte. Sie würde ihre überstürzte Flucht wiedergutmachen können. Er wollte ihr beibringen, *wie man Spaß hatte*. Ihre Wangen wurden ganz heiß, und ihr Körper kribbelte bei dem Gedanken daran, was das bedeuten könnte. Eine Wiederholung der letzten Nacht lag ihm sicher ebenso sehr am Herzen wie ihr. Geistesabwesend wanderte ihre Hand zwischen ihre Beine und brachte die Erinnerung an Dannys geschickte Berührungen wieder zum Leben.

So sehr sie ihn auch wieder spüren und einfach mehr Zeit mit ihm verbringen wollte – Marissa war auch weiterhin misstrauisch. Sie wusste nicht, was Dannys Absichten waren, und ihre Karriere aufs Spiel zu setzen, um Zeit mit ihm zu verbringen, schien nicht die klügste Entscheidung zu sein. Aber ein Frühstück? Das wäre schon drin. Außerdem könnte sie es als Gelegenheit nutzen, die Sache zwischen ihnen klarzustellen.

Das tun sie. Ich kann meinen Papierkram selbst erledigen. Ich brauche sie nur, damit die Praxis nicht im Chaos versinkt, wenn ich nicht da bin.

Dannys Antwort kam fast augenblicklich, als ob er sie bereits geschrieben und nur darauf gewartet hätte, dass Marissa antwortete:

Du solltest deine Zeit nicht mit so etwas vergeuden. Soll ich jemanden vorbeischicken, um dir zu helfen?

Ich kann nicht mit dir ausgehen, wann immer ich will, wenn du dir ständig Sorgen um die Arbeit machst.

Diese Worte klangen in gewisser Weise besitzergreifend, als wäre Marissa nun irgendwie seine Verantwortung. Sie war hin- und hergerissen, wie sie sich dabei fühlen sollte. Wenn sie ihn nicht kennen würde, wäre sie wütend über seine Unterstellung gewesen, dass sie seine Hilfe wollte oder brauchte oder weiterhin mit ihm ausgehen wollte. Aber sie *wollte* mit ihm ausgehen, auch wenn die Art, wie er es formuliert hatte, die Vermutung hatte aufkommen lassen, sie wäre sein Haustier.

Schau mal, Danny, ich weiß dein Angebot zu schätzen, aber du verwirrst mich etwas. Ich weiß nicht, was du von dem erwartet hast, was zwischen uns passiert ist. Es war toll, aber ich hatte den Eindruck, dass das alles war, was du wolltest.

Dieses Mal beobachtete Marissa den Bildschirm und wartete geduldig auf seine nächste Antwort. Die drei Pünktchen kamen und gingen etwa sechs Mal, bevor er auf unglaublich eloquente Weise antwortete:

Ah.

Sie runzelte die Stirn. Die Pünktchen erschienen nicht wieder. War das alles, was er hatte sagen wollen? Hatte sie alles vermasselt, indem sie ehrlich gewesen war und ihre Verwirrung zum Ausdruck gebracht hatte? Alles, was sie wollte, war ein wenig Klarheit, aber je länger sie wartete, desto unsicherer wurde sie.

Die Pünktchen erschienen wieder, und Marissas Herz machte einen Satz. Er schrieb ihr wieder! Ihr Puls erhöhte sich mit jeder Sekunde, die verging. Die Pünktchen verschwanden nicht, sie hielten eine ganze Weile an, und schließlich …

Vielleicht habe ich mich nicht klar genug ausgedrückt. Dein erster Eindruck von mir war wahrscheinlich richtig: Ich gehe normalerweise nicht mehr als einmal mit einer Frau aus. Aber meist hat das einen anderen Grund und nicht den, dass ich nur an dem Einen interessiert bin. Bestimmt kannst du es nachvollzie-

hen, wenn ich dir sage, dass ich schon immer ein kompliziertes Verhältnis zu Beziehungen hatte.

Das war definitiv eine Untertreibung, wenn seine Vorstellung davon, eine Beziehung zu beginnen – oder was auch immer zwischen ihm und Marissa passierte – darin bestand, jemanden einzustellen, der einen Teil von Marissas Arbeit erledigte, während er sie zu einem schicken Frühstück ausführte – und noch alles andere, was er zweifellos bereits geplant hatte. Sie verstand es jedoch auf ihre Weise. Die Beziehung ihrer Eltern war schon immer ein einziges Chaos gewesen, und ihr Verhältnis zu ihnen deshalb etwas belastet. Diese Erfahrung war der Grund dafür, warum sie so sehr auf die Arbeit fixiert war und wenig Interesse hatte, sich fest zu binden.

Bevor Marissa antworten konnte, fuhr Danny fort:

Ich weiß noch nicht, was ich von dir will, Marissa DeNils, aber ich weiß, dass ich deine Gesellschaft genieße. Ich hoffe, das reicht als Grund, dass wir uns wiedersehen.

Das tat es, und ehrlich gesagt fühlte sie sich dank seiner Worte ein wenig besser. Es ging also nicht nur um Sex. Vielleicht gab es tatsächlich noch Hoffnung auf etwas anderes, das sich zwischen ihnen entwickeln könnte. Marissa wusste bereits, dass es, wenn sie mehr Zeit mit ihm verbringen würde, gefährlich werden könnte – für sie selbst und für ihre Arbeit. Aber wenn er offen dafür war, zu sehen, was passieren würde – was hatte sie zu verlieren, solange sie vorsichtig war?

In Ordnung, wir können frühstücken gehen.

Worauf er sagte: *Nur Frühstück?*

Marissa lächelte, aber sie machte sich auch Gedanken. Sie wusste nicht, ob sie sich jemals an seinen Lebensstil als Milliardär gewöhnen würde. Es war schon schwierig genug, mit Danny umzugehen. Ganz zu schweigen von dem, was sein Leben ausmachte. Vielleicht könnte sie sich daran gewöhnen, so wie er sich an sie gewöhnt hatte. Aber darüber wollte sie noch nicht mit ihm reden. Denn – na ja – sie hätte bis vor ein paar Minuten niemals erwartet, dass sie sich wiedersehen würden.

Hängt davon ab, ob du wieder genauso charmant bist wie gestern, antwortete sie.

Sie versuchte danach, weiterzuarbeiten, aber als ihr Handy wieder surrte, hob sie es sofort auf und las Dannys Antwort.

Wir alle entwickeln uns weiter, Liebes. Mein „Morgen-Ich" wird mein „Gestern-Ich" mit seinem unglaublichen Charme völlig in den Schatten stellen.

Marissa drückte das Handy an ihre Brust und lachte. Wenn Danny nur wüsste, dass es keines Charmes mehr bedurfte.

10

DANNY

Es war der Tag vor dem offiziellen Launch des Lifesavers, und alles lief nach Plan. Troy hatte herausgefunden, wie man die Messwerte so gestalten konnte, dass diejenigen von Nicht-Menschen nicht von denjenigen von Menschen unterschieden werden konnte – außer für Mediziner, die wussten, worauf sie achten mussten. Er und Michael hatten dafür gesorgt, dass die Updates vor der Auslieferung erfolgreich auf alle neue Geräte aufgespielt wurden, und jetzt musste Danny sich nur noch zurücklehnen und entspannen.

Alles, was er noch zu tun hatte, würde in den Wochen und Monaten nach der Markteinführung kommen – vor allem Interviews und der Aufbau von Kooperationen mit anderen großen Unternehmen und Organisationen, die den Lifesaver sinnvoll einsetzen wollen würden. Aber im Moment hatte er viel Zeit, um über Marissa nachzudenken.

Der Korken des Champagners in Troys Händen flog in die Höhe, und der herauslaufende Schaum spritzte auf Danny, was ihn sofort aus seinen Tagträumen riss.

„Ups, sorry!“, rief Troy, aber es klang nicht so, als würde es ihm leidtun.

„Pass auf, wohin du mit dem Ding zielst“, brummte Danny, hielt ihm aber trotzdem sein Glas hin. Wenn er eine Stunde feiern mit Troy, Michael und den anderen überleben wollte, würde das mit ein wenig Alkohol deutlich besser laufen.

„Was ist los mit dir? Wir haben jahrelang an diesem Projekt gearbeitet, um den Traum deines Vaters zu verwirklichen. Das hier ist ein bedeutsamer Moment. Alles hat sich so gefügt, wie wir es uns gewünscht haben. Es funktioniert perfekt, alle lieben das Gerät, und du wirst verdammt vielen Leuten helfen. Du allerdings siehst ganz und gar nicht begeistert aus.“

„Doch, ich bin es, glaub mir. Ich bin nur müde“, erwiderte Danny.

„Und wir sind es nicht? Bitte.“ Michael hob sein Glas zu einem Toast. „Darauf, dass wir uns den Arsch aufreißen und Träume wahr werden lassen. Ich hätte mir keinen besseren Anführer wünschen können, Danny.“

Troy, Evan und Liam stimmten ihm lautstark zu. Sie hatten Richter immer noch nicht ausfindig machen können, also fehlte dieser.

„Auf unseren furchtlosen Anführer!“, rief Liam.

Nach einer Reihe von Jubelrufen tranken alle von ihrem Champagner, sodass Danny schließlich nachgab, grinste und mitmachte. Das kalte Getränk floss seine Kehle hinunter – der flüssige Beweis eines gelungenen Projekts, wie er es zu nennen pflegte. Aber nun, trotz ihres Erfolges, war er sich da nicht mehr so sicher. Er hätte diese Feier gerne mit Marissa geteilt, denn obwohl seine Freunde ihn in jeglicher Hinsicht unterstützten, glaubte er nicht, dass sie den wahren Kern seiner Mission wirklich verstanden. Marissa allerdings schon. Sie waren jetzt seit etwas mehr als einem Monat zusammen, und er begann langsam zu verstehen, warum sie so viel Zeit und Herzblut in ihre Arbeit steckte, obwohl sie nicht gerade viel zurückbekam.

Sie wollte einfach so vielen Menschen wie möglich helfen. Und das war im Grunde das Hauptziel des Lifesavers.

„Es war eine Team-Leistung“, sagte Danny. „Ich kann nicht den ganzen Ruhm für mich beanspruchen.“

„So bescheiden bist du doch normalerweise nicht“, sagte Evan. „Du versuchst, die Party hier so schnell wie möglich hinter dich zu bringen, damit du woanders hingehen kannst, oder? Warum sonst hättest du dich gegen eine große, öffentliche Feier entschieden? Wir sollten eine Party feiern, die zehnmal so groß ist wie die üblichen, die wir bei Produkteinführungen veranstalten. Ein Dutzend Frauen an jedem Arm, Drinks die ganze Nacht hindurch, mmh!“

„Wenn ihr so eine Party wollt, könnt ihr sie gerne selbst organisieren“, erwiderte Danny. Sein Blick wanderte zu den großen Glasfenstern, und er schaute auf Blackfall hinunter. Er fragte sich, wo Marissa gerade war, was sie tat. Wahrscheinlich arbeitete sie. Sie hatte sich heute Abend mit ihm treffen wollen, aber Danny hatte diese Mini-Feier mit seinen Freunden und Geschäftspartnern nicht ausfallen lassen können.

Hätte er sie mitbringen sollen? So sehr er sie auch den anderen vorstellen wollte, er wurde das Gefühl nicht los, dass er sie an die Drachen verfüttern würde, wenn er sie zu ihnen brachte, bevor sie wusste, dass sie alle Drachen-Gestaltwandler waren. Die meisten Menschen könnten nicht damit umgehen, mit so vielen mächtigen Drachen auf einmal im gleichen Raum zu sein – nicht ohne eine entsprechende Vorbereitung.

Aber mit Marissa lief es wirklich gut: Die Chemie zwischen ihnen stimmte, der Sex wurde jedes Mal besser. Und das Beste war, dass allein eine einzige Textnachricht von ihr seinen ganzen Tag schöner machte. Momentan konnte er sich nicht vorstellen, ohne sie zu sein. Wenn er die Beziehung mit ihr aufrechterhalten wollte, musste er allerdings einen Weg finden, ihr die Wahrheit zu sagen.

„Was ist denn deine ideale Vorstellung von einer Party? Du warst schon immer der lauteste Verfechter verrückter Ideen“, sagte Troy. Er kippte sich ein weiteres Glas Champagner hinter die Birne und schmatzte zufrieden. Dann machte er sich über das Fingerfood her.

Ein kläglicher Ersatz für die üblichen tollen Gerichte, mit denen sie sonst auf Feiern protzten – zugegeben. Aber Danny war froh, nicht unter Hunderten von gierigen Menschen zu sein – und unter Frauen, die über ihn herfielen. Jetzt, wo er Marissa an seiner Seite hatte, wollte er sich keinen Situationen aussetzen, die das, was sie hatten, gefährden könnte.

„Mach dir keine Gedanken darüber“, sagte Danny. „Wenn du dich etwas mehr amüsieren willst, können wir das an einem anderen Tag machen.“ Er deutete auf Michael. „Organisiere etwas. Ganz einfach.“

„Mir geht es auch ohne eine Riesenparty gut, danke“, erwiderte Michael. „Das hier ist auch mal schön. Wann waren wir das letzte Mal in diese Runde zusammen, abgesehen von unseren täglichen Meetings? Vielleicht sollten wir das öfter machen.“

Danny war erleichtert, dass Michael sein wachsendes Desinteresse an großen Feiern und Menschenansammlungen bemerkt zu haben schien. Liam zuckte mit den Schultern, da er noch nie ein Fan von solchen Veranstaltungen gewesen war. Lediglich Troy und Evan sahen so aus, als wollten sie es nicht dabei belassen.

„Wenn wir eine weitere Party organisieren wollen, sollten wir wenigstens besseres Essen besorgen", sagte Troy. Er stocherte desinteressiert auf den Tabletts herum und schob Sandwiches und Häppchen beiseite. „Wart ihr etwa im Supermarkt um die Ecke? Ich kann nicht glauben, dass ihr bei drei Monaten Vorlaufzeit nichts Besseres habt finden können."

„Er ist zur Zeit scheinbar etwas abgelenkt", sagte Evan. „Hey, Danny, was starrst du so sehnsüchtig aus dem Fenster wie ein verliebter Teenager? Träumst du von deiner nächsten Eroberung?"

Diese Bemerkung ärgerte Danny. Vor einem Monat hätte er noch mitgelacht, denn das wäre die naheliegendste Erklärung gewesen. Aber Marissa war nicht nur irgendeine Eroberung. Sie war viel mehr, und diese Bezeichnung brachte den feurigen Drachen in ihm in Wallung. Feuer und Klauen tanzten direkt unter seiner Haut, bereit, sofort zuzuschlagen.

„Sie ist nicht nur eine Eroberung, sie ist ...", platzte Danny heraus, aber er hielt sich zurück, noch etwas zu sagen. Er hatte gar nicht vorgehabt, überhaupt zu sagen.

Als Troy und Evan jedoch große Augen machten, wusste Danny, dass er zu viel gesagt hatte. Jetzt würde er sich das ewig anhören müssen.

„Mist!", rief Evan. „Was ist denn mit dir passiert? Seit wir dich kennen, hattest du noch nie eine Freundin. Ist es das, was hier los ist?"

Das stimmte. Danny hatte sich in seinem Leben bislang höchstens ein paar Tage lang für eine Frau interessiert. Nicht, weil es keine anderen intelligenten, attraktiven Frauen auf der

Welt gab, nein. Aber keine von ihnen hatte ihn jemals so berührt wie Marissa, als sie sich das erste Mal begegnet waren. Sie hatte etwas in ihm ausgelöst, etwas, das bei all den anderen Frauen, mit denen er zusammen gewesen war, gefehlt hatte.

Etwas, das er, ohne es zu wissen, schon sein ganzes Leben lang gesucht hatte. Aber was genau? Danny verstand immer noch nicht, warum Marissa eine solche Wirkung auf ihn hatte. Er wusste nur, dass er sie nicht verlieren wollte, dass er sichergehen wollte, dass sie ganz ihm gehörte und vor jeglichen Bedrohungen sicher war. Zum Beispiel vor seinen herzlosen Freunden.

Schließlich seufzte Danny. Es war zu spät, das Gesagte zurückzunehmen. Er konnte es genauso gut hinter sich bringen. „Ja. Ich habe eine Freundin."

„Gratuliere. Endlich etwas Festes nach all deinen Flirts und Affären, was?", scherzte Troy. „Jetzt lernst du die Magie einer Partnerschaft kennen, auch wenn sie wahrscheinlich von kurzer Dauer sein wird."

Ein leises Knurren drang aus Dannys Kehle, aber über Troys und Evans Lachen hinweg schien nur Michael, der direkt neben ihm stand, es zu hören.

„Für dich sind die nur magisch, weil dir das Einfühlungsvermögen fehlt, um eine Beziehung länger aufrechtzuerhalten", sagte Michael.

„Autsch!", lachte Evan und schlug Troy spielerisch auf die Schulter. „Das tut weh. Vor allem, wenn es von Mr. Eisschrank kommt, der mit seinem kühlen Blick schon genug Frauen verschreckt hat."

Michael winkte leicht genervt ab und konzentrierte sich wieder auf Danny. Es war wirklich ein Wunder für Danny, wie Michael ihr anspruchsvolles Leben ohne all die Annehmlichkeiten, die Flirts und Affären einem gaben, leben konnte. Die Leute nannten Michael emotions- und herzlos, aber da Danny sein bester Freund war, wusste er, dass diese zur Schau gestellte Maske ganz und gar nicht echt war. Er konnte kühl rüberkommen, klar. Aber jeder konnte das, wenn er wollte. Michael lagen nur wenige wirklich am Herzen, und im Moment schien es so, als ob es sich dabei nur um die fünf in diesem Raum handelte – plus den fehlenden Richter.

„Sie muss etwas Besonderes sein, Danny", sagte Michael und strich sich eine Strähne seines langen, silbernen Haares zurück, „wenn du für sie dein ungeschriebenes Gesetz gebrochen hast und eine Beziehung eingegangen bist. Wann gedenkst du, sie uns vorzustellen?"

„Nicht bevor sie weiß, was wir sind", sagte Danny.

„Hey, hey, hey. Hast du vor, es ihr zu sagen?", rief Liam und sprang von seinem Stuhl auf. „Das ist ein *großes* Sicherheitsrisiko. Du kannst nicht einfach irgendjemandem …" Er hielt inne und riss die Augen auf.

Obwohl er es nicht gesagt hatte, so vermutete Danny, dass ihm eingefallen war, wofür Evan und Troy zu begriffsstutzig waren: dass Marissa nicht einfach *irgendjemand* war.

„Viel Glück dabei", sagte Troy und schüttelte den Kopf. „Sie wird dir nicht glauben, wenn du es ihr nicht zeigst, und das wäre definitiv *keine* gute Idee. Ich hoffe, du hast einen Auftragskiller parat, wenn sie schreiend wegläuft."

„Das ist nicht witzig, Troy", sagte Michael. „Seid verdammt noch mal etwas taktvoller. Ihr alle."

„Ich meine doch nur, wenn du wirklich eine Frau willst, Danny, kann ich immer noch meine Magie bei dir anwenden. Dann wirst du ganz schnell die Richtige finden …"

„Nein. Du kennst die Regeln. Kein Einsatz von Magie untereinander", unterbrach Danny Troy.

„Wenn es nicht um Leben und Tod geht, ja, ja, ich weiß. Ich hoffe nur, du weißt, was du tust."

Aber eigentlich hatte Danny keine Ahnung, was er da tat. Das war der Grund, warum er Marissa nicht hatte einladen wollen, um die anderen kennenzulernen, und warum er immer noch zögerte, ihr die Wahrheit zu sagen. Sie hatte schon genug damit zu kämpfen, sich an seinen enormen Reichtum zu gewöhnen. Wie würde sie sich fühlen, wenn sie wüsste, dass das meiste davon durch Magie angehäuft worden war? Oder dass es da draußen eine Welt gab, von der sie nichts wusste?

Evan und Troy hörten endlich auf, sich auf Dannys neue Freundin zu konzentrieren, und sprachen allgemein über ihre Erfahrungen mit Frauen. Diejenigen von Troy hatte Michael mit seiner vorherigen Aussage bereits zusammengefasst, aber Evans waren ein wenig abwechslungsreicher und interessanter. Trotzdem schaffte Danny es nicht, ihnen zuzuhören. Alles, woran er denken konnte, war Marissa. Er sehnte sich nach der Wärme, die sie ausstrahlte, und nach dem Kirschgeschmack ihrer Lippen.

„Was kommt als Nächstes, jetzt wo wir den Lifesaver rausgebracht haben?", fragte Michael. „Wir haben genug Projekte in der Pipeline, dass wir uns einfach aussuchen könnten, was uns gefällt, um auszuprobieren, ob es funktioniert."

Alle schauten zu Danny, und dieser zuckte mit den Schultern. „Ich habe das letzte Projekt ausgesucht. Jetzt kann jemand anderes entscheiden."

Die anderen unterhielten sich untereinander und überlegten, woran sie als Nächstes arbeiten könnten, aber Danny schaltete ab. Ihm fiel ein, dass er sich noch nicht für einen Tag für sein und Marissas nächstes Treffen entschieden hatte. Nach diesem Abend musste er sie so schnell wie möglich wiedersehen und sich davon überzeugen, dass sie immer noch da war, immer noch die Seine, und dass er nicht verrückt war, weil er sie zu einem Teil seines Lebens machen wollte.

Guten Abend, Liebes. Diese Party ist ganz schön langweilig ohne dich, schrieb er ihr.

Er rechnete nicht mit einer sofortigen Antwort, also beteiligte sich Danny nun doch an dem Gespräch über InnoCells nächstes großes Projekt, wann immer man ihm eine Frage stellte. Aber sobald Marissa ihm geantwortet hatte, schaltete er wieder ab.

Oh. Ich hoffe, du hast trotzdem einen Weg gefunden, dich zu amüsieren. Wenn nicht, kann ich dir helfen, das morgen Abend nachzuholen ... ;)

Eine Welle der Erregung durchfuhr ihn. *Jede Aussicht auf Zeit mit dir ist das Warten wert,* antwortete er.

Den restlichen Abend über dachte er darüber nach, was sie morgen tun könnten. Vielleicht das einfachste Date von allen; eines, das schon lange überfällig war.

Er würde sie zu sich nach Hause einladen.

Der Kristall-Kronleuchter in Dannys Esszimmer funkelte im Licht der untergehenden Sonne und sandte Spiralen aus goldenem und orangefarbenem Licht durch den Raum. Es war ein spektakulärer Anblick, aber Danny war daran gewöhnt, da er bereits seit fünf Jahren in dieser Suite im obersten Stockwerk des InnoCell-Hauptgebäudes wohnte. Aber der Blick auf die Stadt selbst und das Meer dahinter? Das wurde nie langweilig, egal wie viele Stunden er damit verbrachte, hinauszustarren.

Zarte Hände legten sich von hinten um seine Taille, und er versteifte sich etwas vor Schreck, bis er Marissas leichten Blumenduft einatmete. Sie drückte sich an ihn und legte den Kopf an seine Schulter. Ihre Anwesenheit und ihre Berührungen waren so beruhigend, dass er keine Worte fand. Wie sollte er die Gefühle und Empfindungen, die Marissa in ihm weckte, mit einer Geste oder Worten beschreiben?

„Ich bin überrascht, dass du mich nicht hast reinkommen hören", flüsterte sie an seiner Schulter. „Deine Sinne sind normalerweise fast übermenschlich."

Danny lachte, denn ja, das waren sie. Sie hatte ihn aus seiner Träumerei zurück ins Hier und Jetzt geholt. Er legte seine Hände auf ihre und atmete ihren Duft ein. „Ich schaue auf die Stadt hinaus, wenn ich nachdenken muss. Und gerade war ich in Gedanken versunken."

„Liegt dir etwas auf dem Herzen?"

Er wollte ihr auf der Stelle alles sagen, aber er zögerte. Er war sich noch nie in seinem Leben einer Sache so sicher gewesen: Er wollte mit ihr zusammen sein. Aber diese Gewissheit hielt ihn nicht davon ab, alles in seiner Macht Stehende zu tun, um sicherzustellen, dass er Marissa so lange wie möglich bei sich behalten konnte. Ihr zu sagen, was er wirklich war, könnte das gefährden. Das wollte er nicht riskieren. Noch nicht, aber bald.

„Ich habe dich einfach nur vermisst", antwortete er und führte ihre Hände zu seinem Mund, um sie zu küssen. Dann umarmte er sie, und seine Hände wanderten von ihrer Taille seitlich an ihrem Körper entlang. Er genoss die Art, wie sie bei seiner Berührung erbebte, und küsste sie.

Danny musste sich zurückhalten. Seine Küsse waren so zart wie Schmetterlingsflügel und standen im Gegensatz zu dem intensiven Lustgefühl, das sie in ihm hervorrief. Sie versuchte, ihn leidenschaftlicher zu küssen, aber wenn er sich dem hingeben würde, würde er sie gegen die Wand drücken und sie an Ort und Stelle nehmen. Nicht, dass er davon ausging, dass sie sich widersetzen würde ... aber er brauchte diese Nacht, um ein paar weitere Fühler auszustrecken; um zu verstehen, wie sie reagieren würde, wenn er ihr sagte, was er wirklich war.

Später würden sie noch genug Zeit haben, sich miteinander zu vergnügen.

Er fuhr mit seinen Fingern an ihrem Hals entlang, genau so, wie sie es mochte. Als er dann zurücktrat, sog sie scharf die Luft ein. Er betrachtete ihre elegante weiß-rosa Bluse und die engen Jeans, die sie trug. Ohne hinzusehen wusste er, dass ihr Hintern darin perfekt aussah. Bevor er es sich anders überlegen konnte und sie doch vor dem Abendessen nehmen würde, nahm er ihre Hand und führte sie zum Esstisch, der für zwei gedeckt war.

„Lässt du mich nicht deine so geschätzte Aussicht sehen? Und was ist mit einer Führung durch deine Wohnung?“, fragte Marissa.

„Wir wollen nichts überstürzen, Liebes. Bist du nicht am Verhungern? Ich jedenfalls bin es. Mit vollem Magen wirst du die Führung viel mehr genießen können.“

Eine einzelne Rose steckte in einer Kristallvase, die mitten auf dem Tisch stand. Marissa beugte sich vor und roch daran, wobei sie *Mmm* machte. Genau das dachte Danny über ihren Duft.

„Was steht heute auf dem Speiseplan? Ich weiß nicht, ob ich noch einen weiteren Abend mit deinen bizarren Geschmacks-Erlebnissen überleben werde“, sagte sie.

„Nichts allzu Extravagantes, keine Sorge.“ Er grinste schelmisch, öffnete eine Flasche Wein und schenkte ihnen ein. „Nur die besten Steaks aus dem Körper des letzten lebenden Drachen."

Marissa verschränkte die Arme, aber ein Grinsen verweilte auf ihrem Gesicht. „Oh, du alter Lügenbold. Wenn es noch Drachen gäbe, solltest du inzwischen wissen, dass ich viel lieber einem begegnen und ihn zähmen wollen würde, wie die heilige Martha, als ihn zu töten und zu verspeisen."

Bei dieser Antwort schlug Dannys Herz schneller vor Freude. Er hatte recht gehabt. Alles an ihr war perfekt. Aber ... Er versuchte, seine Freude zu zügeln. Das über etwas vermeintlich Fiktives und im Scherz zu sagen, war viel einfacher, als wenn man mit einem echten Drachen konfrontiert würde.

„Du hast mich erwischt. Ich bin ein schlechter Lügner." Danny breitete die Hände in einer gespielt kapitulierenden Geste aus. „Sieh selbst, was dich heute Abend erwartet."

Wie auf Kommando brachte Harold, der Küchenchef, zwei kleine, abgedeckte Teller heraus und stellte sie vor Danny und Marissa. Schwungvoll hob er die Deckel gleichzeitig auf.

„Ihr Lieblingsessen, Mr. Langton", sagte er und nickte anerkennend, als der würzige Duft von Thymian und Huhn die Luft erfüllte. „Paella mit Huhn. Guten Appetit."

„Danke, Harold", erwiderte Danny.

Als Harold gegangen war, nahm Marissa ihre Gabel, zögerte aber, in das köstliche Reisgericht zu stechen – eine Mischung aus Paprika, gebratenen Hähnchenschenkeln und frischem Gemüse.

Danny faltete die Hände und sah sie an. „Worauf wartest du noch?"

„Ich bin mir ziemlich sicher, dass Paella als *extravagant* gilt, Mr. Langton", sagte Marissa.

Gott, er liebte es, wenn sie ihn so nannte. Mittlerweile sagte sie meistens Danny zu ihm, aber es schien ihr manchmal aus Versehen rauszurutschen – oder sie machte es absichtlich, um ihn zu necken. Er war sich sicher, dass es dieses Mal Letzteres war.

„Verglichen mit allem anderen, was wir bisher zusammen gegessen haben, nicht wirklich, Liebling." Er kam ihr beim Probieren zuvor und seufzte genüsslich, als er sich mit dem ersten Bissen Zeit ließ. Anschließend trank er einen Schluck Wein.

Sein Lieblingsgericht, und doch nichts im Vergleich zu dem Geschmack von Marissa. Er beobachtete ihren Gesichtsausdruck, als auch sie ihren ersten Bissen probierte – und auch sie verzog das Gesicht vor Freude, genau wie er, wann immer er Paella aß.

„Köstlich", sagte sie. „Wow." Sie verschlang die Hälfte ihres Essens, bevor sie wieder etwas sagte. „Du hattest recht. Ich habe einen Bärenhunger."

„Das habe ich immer." Er spielte mit seinem Essen und nahm ab und zu einen Bissen, um die Tatsache zu verbergen, dass ihm tatsächlich etwas auf dem Herzen lag. Marissa hatte es, ihrem Blick nach zu urteilen, wahrscheinlich bemerkt. Aber er war froh, dass sie nicht noch einmal danach gefragt hatte.

Sie überraschte ihn, indem sie das Gespräch fortsetzte, das sie ohnehin führen mussten.

„Okay, ich glaube, es ist an der Zeit, dass du mir von deiner Besessenheit mit Drachen erzählst", sagte sie und hielt inne, um einen Schluck Wein zu trinken. Sie hatte weniger getrunken als sonst. Er fragte sich, ob er ihr diesmal nicht schmeckte, aber diese Gedanken dienten nur dazu, ihn von ihrer Frage abzulenken.

„Hm. Ich würde mich nicht als besessen bezeichnen."

Danny deutete zur Wand, an der ein Gemälde mit einem Löwenrudel hing. „Wenn ich es wäre, würde ich sicher jede Ecke und Wand mit ihnen schmücken."

„Es ist also eine Besessenheit, für die du dich schämst. Ich weiß keine andere Erklärung für all die Drachen-Details. Sie kamen bislang in all unseren Unterhaltungen zur Sprache."

Vielleicht, weil Danny versuchte, ihre Reaktionen auf all das zu testen. Sie hatte auf alle seine Witze und Andeutungen positiv reagiert, und gerne würde er das so verstehen, dass sie die Wahrheit gut aufnehmen würde, wenn er ihr endlich alles über sich selbst und die Betreiber von InnoCell erzählen würde. Die ganze Wahrheit über InnoCell, um genau zu sein. Aber jetzt noch nicht. Er war noch nicht bereit, auch wenn sie es zu sein schien.

Das Verschweigen der Wahrheit war eine große Last auf seinen Schultern und gab es ihm das Gefühl, dass jede Sekunde, die sie miteinander verbrachten, eine einzige Lüge war.

Marissa legte den Kopf schief, und Danny lenkte seine Aufmerksamkeit wieder auf sie. „Mir ist neulich aufgefallen, dass das Logo von InnoCell auch ein Drache ist. War das dein Werk? Sehr subtile Arbeit."

„Mir war klar, dass du es früher oder später bemerken würdest", sagte er. „Nicht mein Werk, sondern das meines besten Freundes. Michael."

Das Logo war eine lange Geschichte, eine, die er ihr an einem anderen Abend erzählen würde, sobald sie alles über Drachenwandler wusste.

„Ich nehme an, Michael weiß alles über deine Besessenheit von Drachen", sagte Marissa. Sie hob die Augenbrauen.

„Ja, man könnte sagen, dass er alles über mein einzigartiges *Interesse* weiß." Danny lehnte sich in seinem Stuhl zurück. „Meine Mutter ist für diesen Charakterzug verantwortlich. Sie war … Ich nehme an, *anders* ist der treffendste Ausdruck, um sie zu beschreiben. In meinem ganzen Leben bin ich nur wenigen begegnet, die so sind wie sie."

„Inwiefern anders?"

Danny bemerkte, wie Marissa bei der Erwähnung seiner Mutter hellhörig geworden war. Ebenso wie sie sprach er nicht viel über seine Familie. Hauptsächlich, weil es ein Risiko darstellte, mit ihr über seine Familie zu sprechen, ohne dass sie wusste, dass er ein Drachen-Gestaltwandler war. Er könnte aus Versehen verraten, dass seine „toten" Eltern ganz und gar nicht tot waren, sondern in den nächsten Jahrzehnten auf Island Urlaub machten, bevor sie nach Amerika zurückkommen würden, um ihr nächstes Imperium zu gründen.

„Ihre Energie, würde ich sagen", antwortete Danny und suchte nach den richtigen Worten, um sie zu beschreiben, ohne explizit von einem *unsterblichen Drachen zu* sprechen. „Sie lebte so, als ob diese Welt ihr sehr wenig bedeutete, als ob sie von woanders käme – woanders hingehörte. Manchmal lebte sie noch in dieser anderen Welt, in der sie die Gesellschaft von Drachen und Elfen und dergleichen den Menschen vorzog."

Ein ernster Ausdruck zeigte sich auf Marissas Gesicht, und sie nickte. „Das klingt einsam."

In Wahrheit vergötterte Danny seine Mutter. Sie war alles, was auch er sein wollte: erfolgreich, glücklich, und sie setzte dabei radikale, *gute* Veränderungen in der Welt um. Aber als Kind hatte er sich gewünscht, sie wäre öfter da gewesen; öfter bei ihm, um ihm diese magische Welt besser zu erklären. Selbst jetzt war er sich nicht sicher, ob er alle Nuancen davon verstand. Wenn er vielleicht mehr Vertrauen in sein ureigenes Wissen hätte, würde es sich nicht so unangenehm anfühlen, mit Marissa darüber zu reden.

„Einsam ist eine gute Art, es auszudrücken", erwiderte Danny nach einer Weile.

„Meine Mutter und mein Vater waren auch nicht gerade die Präsentesten", sagte Marissa. Ihre Blicke begegneten sich. Sie hatte noch nie über ihre Eltern gesprochen. „Ich meine, sie waren schon *da*, um sich um mich zu kümmern. Aber meine Mutter und mein Vater hatten ein ständiges Hin und Her miteinander, mein ganzes Leben lang. Hank hat mich nie gemocht, also war er kein guter Vater. Und wann immer er da war, hatte meine Mutter nur Augen für ihn. Also ..."

Danny griff über den Tisch und nahm ihre Hand. Ihm fehlten die Worte, um sie zu trösten; er spürte, dass es sehr wenig gab, was er sagen konnte. Nichts würde das ändern, was sie durchgemacht hatte. „Keiner von uns beiden ist mehr allein. Wir haben einander." Er drückte ihre Hand. „Was hältst du davon, wenn wir jetzt eine Führung machen?"

Marissa lächelte, obwohl Danny schwören konnte, dass Tränen in ihren Augen glitzerten. „Das wäre schön."

11

MARISSA

Diese Führung war definitiv eine verkürzte Version. Sie wusste, wie riesig seine Suite im obersten Stockwerk des InnoCell-Gebäudes war: Er hatte die ganze Etage für sich. Alle Zimmer waren große, offene Räume, voller faszinierender Kunstwerke und gewölbten Decken. Dadurch wirkte das gesamte Gebäude viel größer. Auch wenn sie nur ein paar Räume gesehen hatte, so hatte Marissa dennoch das Gefühl, einen ganzen Palast erkundet zu haben.

Als sie also wieder im Speisesaal angelangt waren und Danny vor den riesigen Fenstern mit Blick auf die Stadt stehen blieb, war Marissa froh, sich an seiner Seite entspannen zu können, ihn einzuatmen und die Aussicht zu genießen. Er zog sie an sich heran, und von dieser Höhe aus hatte Marissa das Gefühl, dass sie die einzigen beiden Menschen waren, die in den Wolken lebten und auf die Welt unter ihnen blickten.

Blackfall sah aus wie eine Stadt aus Sternen, die in regelmäßigen Abständen über eine schwarze Leinwand leuchteten und funkelten. Beinahe so wunderschön wie der Sternenhimmel, den sie auf hoher See bestaunt hatten. Mit dem Ozean, der die Stadt in der Ferne einrahmte, und dem Mond, der über allem strahlte, war es mindestens genauso malerisch und mindestens ein Dutzend Gemälde wert.

„Es ist wunderschön", flüsterte Marissa. Danny hatte begonnen, mit den Händen durch ihre Haare zu fahren, und sie seufzte.

„Nicht so schön wie du." Danny schob ihr Haar beiseite und küsste ihr Ohr. Seine Hände wanderten von ihren Schultern zu ihrer Taille und sandten kleine Feuerwerke durch ihren Körper. „Mein Gott, Marissa, du machst mich verrückt. Seit du gekommen bist, will ich dich verführen."

Marissa begann leise zu keuchen, als er ihren Hals küsste und sanft an ihm saugte. „Warum ... warum hast du das dann nicht getan?", brachte sie heraus.

„Ich bin ein Gentleman, Liebes. Außerdem ist dein Verstand für mich genauso interessant wie dein Körper."

Er fand den ersten Knopf ihrer Bluse und begann, sie aufzumachen, während er an der empfindlichen Haut direkt über ihrem Schlüsselbein knabberte. Marissa lehnte ihren Kopf auf die andere Seite, sodass er ihren Hals besser erreichen konnte, und keuchte jedes Mal, wenn er ein bisschen fester zubiss. Seine Berührungen waren wie Feuer, als er über ihre Brüste, ihren Bauch und ihren Rücken strich, und verbrannten jedwede Traurigkeit, die noch von ihrem kurzen Gespräch über ihre Eltern übriggeblieben war. Sie fragte sich – zumindest für einen kurzen Augenblick, bevor Danny ihr die Fähigkeit zum Denken raubte –, ob ihr ungewöhnliches Aufwachsen ihre Verbindung irgendwie verstärkte, auch wenn sie aus völlig unterschiedlichen Verhältnissen stammten.

„Du kannst mich haben, wann immer du willst“, flüsterte Marissa und hob Dannys Gesicht nach oben, damit er sie statt ihres Halses küsste.

„Gleich jetzt wäre ein guter Anfang.“ Seine Worte waren rau und heiser, fast ein Knurren, besitzergreifend und animalisch und roh auf eine Art, die Marissa in den Wahnsinn trieb. Sie wollte, dass er ihr die Kleider vom Leib riss und sie auf der Stelle fickte, aber sie würde nicht betteln. Wenn sie bettelte, würde er sich Zeit lassen. Und sie hatte schon gelernt, dass er extrem geduldig sein konnte.

Er zog ihr die Bluse aus, warf sie beiseite und enthüllte ihren schwarzen Spitzen-BH. Danny umfasste ihre Brüste mit den Händen, hielt sie fest, aber nicht zu grob.

„Du hast dich heute Abend für mich schön gemacht, nicht wahr?“, flüsterte er ihr ins Ohr. „Du steckst immer so voller Überraschungen.“

Danny schlug ihr leicht auf den Hintern, und sie keuchte, aber er hörte nicht damit auf. Er drückte sie gegen das Glas, sodass ihre Brüste an die Scheibe gepresst wurden und ihr Hintern gegen seinen Schritt. Sie spürte seine größer werdende Beule, die darauf wartete, befreit zu werden. Er drückte sich gegen sie, griff nach vorne und rieb mit seinen Fingern zwischen ihren Beinen.

Wann immer sie mit Danny schlief, war da eine wilde Rauheit an ihm. Aber sie war immer begleitet von einem gewissen Zögern, einer unerklärlichen Zurückhaltung. Heute Abend hatte Marissa jedoch nicht den Eindruck, dass er sich zurückhielt. Die Art, wie er sie berührte und mit ihr sprach, fühlte sich eher wie der echte Danny an, als ob er sich endlich trauen würde, sich einfach zu nehmen, was er wollte. Und verdammt, Marissa würde es ihm geben.

So eigenständig sie auch war, sie konnte nicht leugnen,

dass ihm, wann immer sie zusammen waren, jeder Zentimeter von ihr gehörte.

Sie erschauderte, als er fester von hinten gegen sie stieß und über ihrer Jeans und ihrem Höschen an ihrer Klitoris rieb. Im Stillen flehte sie ihn an, ihr alles auszuziehen und sie direkt zu berühren. Zum Glück schien er das genauso sehr zu wollen wie sie. In Sekundenschnelle hatte Danny ihr die Jeans ausgezogen und spielte nun am Bund ihres schmalen Tangas, der mehr zeigte als verhüllte.

Kleine Flammen der Lust züngelten an ihrer Taille und ihrem Hintern, als eine seiner Hände nach unten und die andere nach oben zu ihrem Rücken wanderte.

„Ich liebe diesen Look an dir", flüsterte er, seine Stimme rau und triefte vor Lust und Erregung. „Wenn du das trägst, und darüber einen Rock, würde ich dich, egal wo wir sind ..."

Er schob seine Finger unter das Stückchen Stoff und berührte ihre Klitoris. Ein Stöhnen drang aus Marissas Mund, aber er hörte nicht auf. Er übte gerade genug Druck aus und bewegte seinen Daumen in langsamen Kreisen.

Marissa fasste sich soweit, um zu erwidern: „*So* abenteuerlustig bin ich auch wieder nicht." Aber sie wusste genau, dass es nicht viel brauchen würde, damit Danny sie zu irgendetwas überredete.

„Das ist okay. Ich kann warten, bis du dich mit der Idee angefreundet hast."

Es gefiel ihr, dass er langfristige Pläne mit ihr zu haben schien. Oft deutete er an, dass sie beide Verschiedenes tun und sehen würden. Allerdings wäre das nur möglich, wenn sie bereits jahrelang zusammen wären, nicht erst seit gut einem Monat. Dieser Gedankengang wurde durch Dannys weitere Erkundungen unterbrochen, denn seine Finger glitten zwischen ihre Schamlippen.

Ein weiteres Stöhnen entfuhr ihrem Mund, als er seine Fingerspitze in sie steckte und so bewegte, dass sie unbedingt mehr wollte. Sie schob ihr Becken nach hinten, damit er tiefer eindringen konnte, und sein Finger wirbelte herum und schickte Wellen intensivster Lust durch sie hindurch. Dannys Berührungen waren immer wie Feuer, aber wenn er sie fingerte, war es, als würde sie innerlich vor Verlangen brennen.

Ihre Vagina umschloss seinen Finger, und er schob ihn rein und raus und machte alles Mögliche, um sie fast um den Verstand zu bringen – aber nur fast. Er tat das mit Absicht, baute ihr Verlangen so sehr auf, dass sie es nicht mehr aushalten konnte, und dann ließ er die unkontrollierte Lust in ihr zur Ruhe kommen, bevor er von vorne anfing. Innerlich wartete sie nur darauf, dass Danny sein Spiel mit ihr beendete und sie explodieren ließ.

Und das tat er auch und brachte jedes bisschen Wildheit in Marissa zum Vorschein. Mit jeder Bewegung brannte das Feuer stärker in ihr, so stark, dass es fast *zu* viel war. Und doch brauchte sie mehr: Sie brauchte *ihn*. Sie wollte, dass er sie festhielt, dass er sie küsste, dass er ihren gesamten Körper mit den Händen erkundete. Und als würde er ihr stummes Flehen hören, drückte er ihre Pobacken zusammen und beugte sich über sie, presste seinen Körper gegen ihren, und sie konnte ihren Orgasmus nicht mehr zurückhalten.

„O-oh, fuck!“, schrie sie. Ihr ganzer Körper bebte, als jede ihrer Zellen vor Lust explodierte. Die wirbelnde Hitze in ihrem Inneren strömte in ihre Arme und Beine, und ihre diese gaben fast unter ihr nach. Sie wäre wahrscheinlich gestürzt, wenn Danny sie nicht mit seinen starken Armen festgehalten hätte. Während ihr Orgasmus langsam verebbte und Marissa sich wieder wie ein

Mensch fühlte, küsste er ihren Nacken und flüsterte ihr ins Ohr.

„So. Ich glaube, jetzt bist du bereit für mich."

Marissa war ein keuchendes, zitterndes Bündel, als Danny wieder zurückzog. Ihre Schenkel waren durchnässt und tropften vor Verlangen nach ihm. Sie wollte ihn *komplett*. Während Danny seinen Gürtel öffnete, zog Marissa ihre Jeans ganz aus und wartete. Das Glas war heiß und beschlagen von ihrem Schweiß und ihrem schweren Atem, aber sie konnte immer noch die Stadt unter sich sehen.

Gegen ein Fenster gelehnt Sex zu haben, war noch nie eine ihrer Fantasien gewesen. Die Vorstellung, von jemand anderem als ihrem Partner beobachtet zu werden, hatte ihr nie gefallen. Aber sie waren so weit oben, dass es keine weiteren Gebäude gab, von denen man aus eine gute Sicht auf sie gehabt hätte. Marissa und Danny waren an der Spitze der Welt, und sie hatte das Gefühl, ihr gehörte alles, was unter ihnen lag.

Es gab ihr das Gefühl, mächtig zu sein und über alles die Kontrolle zu haben.

Danny packte Marissa an der Hüfte, und sie sah ihn an. Seine Augen waren dunkel vor Lust und Verlangen nach ihr, sein Blick auf animalische Art rasend und wild. Diese Art kam immer dann in ihm zum Vorschein, wenn er mit ihr schlief. Er war der heißeste Mann der Welt, mit wunderschönen Muskeln und einem fast unmenschlichen Selbstvertrauen. Alles an ihm zog Marissa an und wollte sie nie wieder loslassen.

Er schob seinen Schwanz zwischen ihre Schenkel und rieb sich stöhnend an ihrer klatschnassen Muschi. Jeder Nerv in Marissas Körper vibrierte vor Erwartung, dass er ihr das gab, worauf sie schon viel zu lange hatte warten müssen.

Einen atemlosen Augenblick lang hielt Danny inne, und dann war er in ihr, und sein großer Schwanz dehnte sie aus und füllte sie. Sie drückte sich fest an ihn, um ihn in sich zu halten, um mehr von der Lust einzusaugen, das er ihr schenkte.

„Du bist so perfekt", flüsterte Danny und fuhr mit den Fingerspitzen an ihrer Wirbelsäule entlang. Die Berührung war so schlicht und zart, das Gegenteil der heißen Rauheit, die sie von ihm kannte, wenn er so war – lodernde Leidenschaft und Verlangen. Aber es war ein willkommener Kontrast. Sie erbebte unter dieser Berührung. Und jedes Mal, wenn Danny in sie hineinstieß, schossen heiße Wogen der Lust durch sie hindurch.

Eine fast unerträgliche Hitze baute sich in ihr auf, kribbelte auf ihrer Haut und steckte ihr Innerstes in Brand. Aber jedes Mal, wenn Danny es berührte, wurde sie wieder ein wenig in Schach gehalten. Marissa stöhnte bei jedem Stoß und drückte sich gegen ihn, um ihn tiefer in sich aufzunehmen, damit er sie wieder an den Rand des Wahnsinns bringen konnte. Seine Hüften klatschten gegen ihren Hintern, eine weitere Note in ihrem Lied aus Liebe und Lust. Er pulsierte in ihr, bei jedem Stoß länger, und Marissa drückte ihre Vagina zusammen. In ihr baute sich wieder ein Druck auf, und sie hatte den Eindruck, sie würde gleich explodieren.

Sie keuchte gegen die Glasscheibe, während Danny in sie hineinstieß. Seine Hüften bewegten sich schnell und gleichmäßig und befeuerten das sengende Verlangen in Marissa. Ein Schrei der Lust drang aus den Tiefen ihrer Kehle.

„Danny!", rief sie, und das war alles, was er brauchte, um zu kommen.

Aus seinem Inneren drang ein animalisches Knurren,

als er sich gehen ließ und Marissa mit einer letzten Welle voll heißen Verlangens erfüllte. Sie ließ alles in sich los, all die Lust, die sich aufgebaut hatte, und heiße Schockwellen wogten durch ihren Körper. Marissa war wie Gummi, brennend und biegsam und nicht in der Lage, auf eigenen Füßen zu stehen. Danny schlang die Arme um sie und drückte seine Stirn an das Glas neben ihr. Für ein paar Augenblicke, während sie nach Luft rangen, standen sie einfach nur zusammen da, aus Angst, dass sie zusammenbrechen würden, wenn sie sich bewegten.

Nach ein paar Minuten hatten sie sich ein wenig gefasst. Danny küsste ihre Wange, und als Marissa sich ihm zuwandte, fand er ihre Lippen und vereinigte sich mit ihr in dem längsten Kuss ihres Lebens. Das Feuer, das auf ihren Lippen brannte, war nur eine schwache Glut dessen, was sie nur wenige Augenblicke zuvor zusammen erlebt hatten. Aber es war genau das, was Marissa jetzt brauchte.

Er strich ihr die Haare hinter die Ohren. „Komm", sagte er und nahm ihre Hand, bewegte sich aber noch nicht. Sein Mund schwebte immer noch über ihrem, und ihr Atem vermischte sich. „Ich glaube, es ist Zeit, ins Bett zu gehen."

Danny führte Marissa schließlich in sein Schlafzimmer, in dem ein Kingsize-Bett mit schwarzen Seidenlaken stand. Beim nächsten Mal würde Marissa sie auf jeden Fall durcheinanderbringen. Aber jetzt rollten sie sich in der Mitte des Bettes zusammen und seufzten zufrieden. Dann schliefen sie in den Armen des jeweils anderen ein.

Er war das letzte Stück, das ihr gefehlt hatte, und mit ihm fühlte sie sich vollständig.

Marissa wachte in einer Wolke von perfekter Behaglichkeit auf. Sie wollte sich nicht bewegen. Der Körper neben ihr war Danny, seine starken Arme um sie geschlungen, seine Beine mit den ihren verkeilt. Obwohl sie sich sicher war, dass es Morgen sein musste, war das Schlafzimmer bis auf ein paar Lichtstreifen unter den großen Vorhängen auf der anderen Seite des Raumes in Dunkelheit gehüllt.

Sie seufzte zufrieden und genoss Dannys Umarmung. Hier mit ihm zu sein war ein wahr gewordener Traum. Sie hätte nie erwartet, jemanden zu finden, der so perfekt war. Ihre Verbindung und Vertrautheit war anders als alles, was Marissa je zuvor erlebt hatte – es war, als ob er alles an ihr verstand und oft lange vor ihr wusste, was sie wollte oder brauchte.

Sie schloss die Augen und wollte wieder einschlafen, aber eine plötzliche Welle der Übelkeit vertrieb diesen Traum. Ein schwaches Stöhnen drang aus ihrem Mund, und sie drückte den Kopf fest aufs Kissen – in der Hoffnung, dass er sich nicht mehr drehte. Danny regte sich und drückte sie fester an sich.

„Guten Morgen, Liebes“, flüsterte er und küsste ihren Nacken.

Seine Lippen sandten ein Kribbeln durch ihren ganzen Körper, und zu jeder anderen Zeit hätte Marissa sich an diesem Gefühl erfreut. Jetzt verschlimmerte es nur die wachsende Übelkeit in ihrem Bauch und den Druck hinter ihren Augen. Sie keuchte, und Danny betrachtete das als Zeichen, dass sie mehr wollte. Er begann, an ihrem Hals zu saugen, und eine seiner Hände griff nach ihrem Oberschenkel und drückte ihre Beine auseinander, um die dazwischen verborgene Süße zu erkunden.

Marissa zog sich zurück, bevor er zu weit gehen konnte.

„Stimmt etwas nicht?“, fragte Danny und legte eine Hand auf ihre Hüfte und streichelte sie.

Alles drehte sich, als sie sich aufsetzte, und ihr Blick huschte hektisch durch den Raum. Dies war der dritte Tag in Folge, an dem sie morgendliche Übelkeit verspürte. Sie hatte gehofft, dass es ihr heute besser gehen würde, denn sie hatte Danny nicht beunruhigen wollen. Aber heute war es schlimmer als je zuvor. Sie durfte nicht riskieren, sich bei ihm zu übergeben. Wenn er dachte, dass etwas mit ihr nicht stimmte, würde vielleicht alles, was sie sich bislang aufgebaut hatten, zusammenstürzen.

War das irrational? Ja. Aber Marissa hatte Angst, dass die Übelkeit ein Zeichen für ein viel größeres Problem sein könnte. Eines, über das sie sich zunächst selbst klar werden musste, bevor sie Danny darin einweihte.

„Nein. Nein, ich wollte nur …“ Sie hielt inne und versuchte, sich eine Ausrede auszudenken, um den Nebel in ihrem Gehirn und die wachsende Übelkeit zu vertreiben.

Sie musste gehen, bevor sie sich übergab, aber die einzige Ausrede, die ihr einfiel, war die Arbeit. Allerdings war die Praxis heute geschlossen, und diese Ausrede würde ihn wahrscheinlich nicht überzeugen. Was, wenn er dachte, sie wollte einfach weg von hier?

Eine weitere Welle der Übelkeit ergriff sie, und sie stolperte aus dem Bett. „Ich habe vergessen, dass ich noch etwas für die Arbeit erledigen muss. Dringend.“

Danny ergriff ihre Hand, bevor sie ganz aufstehen konnte. Sie sah ihn an. Er wirkte nicht beunruhigt oder besorgt; er wusste, wie wichtig ihr die Arbeit war. Und da sie sich von Anfang an so gut verstanden hatten, würde er wahrscheinlich nicht zu dem Schluss kommen, dass sie wieder aus seinem Bett flüchten wollte.

„Ruf Kathlin an und sag ihr, sie soll sich darum kümmern, Liebes. Das Bett wird ohne dich kalt", sagte er.

„Ich kann nicht." Marissa schloss die Augen, um die wachsende Übelkeit zu verdrängen. Um sie zu überspielen, beugte sie sich nach unten und küsste Danny. Er erwiderte ihren Kuss mit einer solchen Leidenschaft, dass er sie allein dadurch fast überzeugt hätte, zu bleiben und sich später mit den Folgen auseinanderzusetzen. Als sie sich schließlich voneinander lösten, atmeten sie schwer. Sie stand auf und begann, ihre Sachen zusammenzusuchen.

„Das hat also nicht gereicht, um dich zum Bleiben zu überreden?"

„Es ist wichtig", antwortete sie. Das war nur halb gelogen. Es war tatsächlich wichtig, nur ging es überhaupt nicht um die Arbeit. „Es tut mir leid. Ich mag es gar nicht, so früh gehen zu müssen. Ich mache es heute Abend wieder gut, okay?"

Dannys Lächeln beruhigte sie. „Okay. Ich werde dich daran erinnern."

Marissa kämpfte gegen die Übelkeit an, die sich in ihrem Bauch zusammenbraute, und verließ schnell das Zimmer. Allerdings achtete sie darauf, sich entsprechend der vorhin bekundeten Dringlichkeit zu beeilen – aber auch nicht zu sehr, um nicht zu riskieren, dass sie sich noch schlechter fühlte. Bevor sie das Zimmer verließ, hauchte sie Danny einen Kuss zu und fing denjenigen auf, den er ihr zurückschickte. Sie drückte ihn in stillem Gebet an ihr Herz und hoffte, dass ihre Übelkeit nicht das bedeutete, was sie dachte.

Aber sie war Ärztin. Sie wusste es besser.

Auf dem Weg zur Praxis musste Marissa anhalten, um sich am Straßenrand zu übergeben. Ihr Körper krampfte ein paar Minuten lang, dann fühlte sie sich endlich besser. Und dank ein paar Schlucken Wasser aus der Flasche, die sie im Fahrzeug aufbewahrte, fühlte sie sich langsam fast wieder normal. Das würde wahrscheinlich bis morgen Früh so bleiben, aber dann würde es wieder von vorne losgehen.

Sie presste die Zeigefinger an ihre Schläfen, atmete tief durch und machte sich dann an die Weiterfahrt.

Marissas Periode war zwei Wochen überfällig. Sie war noch nie besonders regelmäßig gewesen, aber normalerweise nie um mehr als eine Woche. Da sie doppelt so lange überfällig war, war es nicht schwer, eins und eins zusammenzuzählen.

Schwanger.

Eine klassische Fehlkalkulation, verursacht durch Nachlässigkeit. Es war so lange her, dass sie das letzte Mal mit jemandem geschlafen hatte, dass ihr eine mögliche Schwangerschaft erst dann in den Sinn kam, als eine Patientin einen Test hatte durchführen lassen. Sie verhütete nicht, und sie und Danny hatten nie über Kondome gesprochen. Wahrscheinlich, weil er es gewohnt war, mit Frauen zu schlafen, die klug genug waren, zumindest vorsichtig zu sein. Offensichtlich fiel Marissa nicht in diese Kategorie.

Wenn sie schon die morgendliche Übelkeit verspürte, mussten sie schon in ihrer ersten gemeinsamen Nacht schwanger geworden sein. Marissas ließ den Kopf hängen, als sie auf dem Parkplatz vor der Praxis parkte. Ihre Beziehung zu Danny war vom ersten Date an dem Untergang geweiht gewesen.

Eine ganze Reihe von schrecklichen Gedanken wollten sich ihren Weg an die Oberfläche bahnen, begierig darauf, sich zu befreien und sie mit Worst-Case-Szenarien zu terrorisieren. Es gab doch sicher noch andere Erklärungen dafür, warum sie sich krank fühlte und ihre Periode überfällig war, oder? Stress konnte den Körper stark beeinflussen und auch zu Symptomen führen, die einer Schwangerschaft glichen. Und trotz der vielen angenehmen Stunden mit Danny, die sie entspannten, war ihr Job sehr herausfordernd.

Sie musste nicht nur jeden Tag so viele Patienten wie möglich behandeln, sondern sie entwickelte auch zukünftige Programme, die den Menschen helfen sollten, ihre Gesundheit selbst zu verbessern, damit sie die Symptome verschiedener Beschwerden ohne die Hilfe eines Arztes würden lindern oder verhindern können. Eine mühsame Forschungsarbeit, aber etwas, das Marissa von Anfang an hatte tun wollen: Prophylaxe statt Behandlung von Symptomen.

Als Marissa sich also in die Praxis schleppte und ihre Übelkeit endlich vollends zu verschwinden begann, redete sie sich ein, dass das alles nur am Stress lag. Sie war nicht schwanger. Schließlich war sie nicht so dumm, *alles* aufs Spiel zu setzen: ihre Arbeit, ihre Karriere und ihre sich entwickelnde Beziehung. Alles nur, indem sie *schwanger* wurde. Nein. Das war unmöglich. Marissa war viel verantwortungsvoller als das.

Sie saß am Schreibtisch in ihrem Hauptbüro und gönnte sich ein paar Minuten Ruhe und Zeit zum Nachdenken. Auch wenn sie sich vehement weigerte zu glauben, dass sie schwanger war, wusste sie, dass sie einen Test machen musste. Sie musste sich der Wahrheit stellen, wie auch immer sie aussah, und das konnte sie nicht, wenn sie die Möglichkeit nicht wenigstens sauber ausschloss. Marissa nippte an einem Glas des gekühlten Wassers aus dem Filter, den sie im Kühlschrank in der Kaffeeküche aufbewahrte. Die kalte Flüssigkeit schaffte es, ihre noch verbliebenen Kopfschmerzen zu verdrängen und ihr den letzten Motivationsschub zu geben, den sie brauchte, um das durchzuziehen.

Als sie aufstehen wollte, sah sie den Lifesaver auf ihrem Schreibtisch. Sie hatte ihn in den letzten Tagen fast ganz vergessen, so sehr war sie mit anderen Dingen beschäftigt gewesen. Aber sie wusste jetzt, dank mehrerer Gespräche mit Danny über die Funktionsweise und die Programmierung, dass er wirklich einwandfrei und verlässlich war. Auch während der Wochen, in denen sie ihn in der Praxis benutzt hatte, war sie nicht ein einziges Mal auf einen Fehler oder falsche Informationen gestoßen.

Der Gedanke, ihn an sich selbst zu benutzen, jagte ihr jedoch immer noch Angst ein. Egal, wie gut er zu sein schien. Danny hatte sie deswegen ein wenig aufgezogen. Aber nun, da sie rasch Antworten brauchte, schien es am naheliegendsten zu sein, den Lifesaver an sich selbst zu benutzen. Ob sie schwanger war oder nicht, würde sie innerhalb von zwanzig Sekunden wissen, wenn sie ihn an ihr Handgelenk drückte. Und wenn es etwas anderes war, würde er ihr genau sagen, was sie krank machte – ein herkömmlicher Schwangerschaftstest war also nicht nötig.

Sie nahm das Gerät in die Hand und, bevor sie es sich anders überlegen konnte, drückte sie es an ihr Handgelenk. Es tat seine Arbeit, und bevor Marissa auch nur blinzeln konnte, zeigte es das Ergebnis an:

Schwanger: 100% – Vater: Danny Langton

Darunter stand: Chronischer Stress: 30 % Wahrscheinlichkeit, diesen zu entwickeln; arbeitsbedingt.

Marissa starrte auf das Display, zunächst emotionslos. Doch schon bald begann die Angst in den schützenden Kokon aus Gefühlskälte zu sickern, in den sie sich eingehüllt hatte. Sie war schwanger. Sie war wirklich schwanger.

„Nein ... Nein, das darf nicht wahr sein.“ Marissa bewegte sich und merkte, dass sie zitterte. Sie legte den Lifesaver zurück auf den Schreibtisch. Der Bildschirm blinkte kurz auf, und dann verschwand jeder Beleg für die Tatsache, dass sie schwanger war – bis auf das Bild, das sich nun dauerhaft in ihr Gedächtnis eingebrannt hatte.

Sie konnte das nicht vor Danny verheimlichen. Es wäre falsch, ihm nicht zu sagen, was sie wusste. Und wenn sie sich das nächste Mal sahen, würde er sofort wissen, bevor sie überhaupt etwas sagte, dass etwas nicht stimmte. Er würde sie dazu *bringen*, es ihm zu sagen. Aber er würde definitiv nicht erwarten, dass sie schwanger war. Wie würde er reagieren? Wäre er entsetzt, so wie sie es jetzt war? Oder wütend? Würde er wollen, dass sie es abtrieb oder dass sie es behielt?

Oder würde er sich von ihr trennen, weil sie so unverantwortlich war?

Mist. Sie sollten sich heute Abend wieder treffen. Marissa hatte es ihm versprochen. Aber sie konnte nicht. Nein, sie brauchte mehr Zeit, um das zu verarbeiten. Sie musste sich erst überlegen, wie sie es Danny sagen sollte.

Marissa nahm einen weiteren Schluck Wasser, trank das Glas schließlich aus und nahm sich einen Moment Zeit, um sich zu beruhigen. Dann schrieb sie eine Nachricht an Danny, die ihm in etwa drei Stunden zugestellt werden sollte: *Hey, tut mir leid, dass ich schon wieder so schnell abge-*

hauen bin, aber ich glaube nicht, dass ich heute Abend noch einmal vorbeikommen kann. Ein andermal?

Als sie mit dem Tippen fertig war, steckte sie ihr Handy weg und ließ den Tränen freien Lauf. Sie hatte keine Ahnung, was sie als Nächstes tun sollte. Es war, als bedeutete dieser kleine Test den Untergang von allem, wofür sie gearbeitet hatte.

12

DANNY

Danny beendete das Telefonat mit einem weiteren Investor, der sich für den Lifesaver interessierte. Etwa ein Dutzend weitere standen noch aus. Was die Arbeit und seinen Traum, den Menschen zu helfen, betraf, hätte es nicht besser laufen können. Das Gerät war ein phänomenaler Erfolg und wurde weltweit in den höchsten Tönen gelobt. Seine Anwendung verbreitete sich wie ein Lauffeuer, und im Laufe der Woche hatten Tausende von Menschen endlich zum ersten Mal in ihrem Leben eine konkrete, exakte Diagnose ihrer Krankheiten erhalten.

Das Leben von Menschen weltweit zu verbessern – nichts anderes bereitete ihm so viel Freude. Fast.

Es fehlte nur Marissa. In den Tagen, seit sie sich das letzte Mal gesehen hatten, hatte sie sich seltsam verhalten. Erst war es eine mysteriöse Sache gewesen, über die sie aus Geheimhaltungsgründen nicht hatte sprechen dürfen, und dann hatte sie sich nicht so gut gefühlt. Danny wollte sich zusammenreißen und sich keine Sorgen machen, dennoch bahnten sie sich die beunruhigenden Gedanken ihren Weg.

Er konnte es nicht verhindern. Er wusste, wie zerbrechlich Perfektion war, wie leicht sie kaputtgehen oder von etwas anderem überwältigt werden konnte.

Alles zwischen ihm und Marissa war bis zu dieser Nacht perfekt gewesen. Hatte er wieder etwas getan oder gesagt, das sie erschreckt hatte? Er wusste nicht, was das hätte sein können. Ihre Unterhaltung beim Abendessen, obwohl etwas schwermütig und bedrückend, hatte das Band zwischen ihnen noch gefestigt. Da war sich Danny sicher. Und der Sex ... Danny hatte die absolute Kontrolle über sie übernommen und dadurch die Ekstase für sie beide gesteigert. War er zu grob vorgegangen? Er wusste, dass er ein wenig die Kontrolle verloren hatte, aber ... Nein, das konnte es nicht gewesen sein. Sie hatte es ihm immer gesagt, wenn er etwas getan hatte, was ihr nicht gefallen hatte.

Es war etwas anderes. Aber was?

Ein kalter Schauer durchfuhr ihn und vertrieb die Wärme, die Dannys Gedanken, wie er mit Marissa an den Fenstern mit Blick auf die ganze Stadt Liebe gemacht hatte, ausgelöst hatten.

Er hatte die ganze Nacht über von Drachen gesprochen. Marissa hatte einen Blick für Ungewöhnliches, und er wusste, dass sie auf der Suche nach Antworten war. Wenn sie sich seine Wohnung genau angesehen hätte, hätte sie genügend Hinweise gefunden, um sich die Wahrheit zusammenzureimen: dass er kein Mensch war. Das war allerdings so unwahrscheinlich, dass Danny diesen Gedanken beiseiteschob.

Er begann, entlang der Fenster seines Büros auf und ab zu gehen. Seine typische Reaktion, wenn er sich Sorgen um Marissa machte. Danny wollte nicht glauben, dass sie irgendwie die Wahrheit herausgefunden hatte. Wenn das der Fall wäre, warum hatte sie ihm das nicht gesagt? Sie musste inzwischen begriffen haben, dass sie ihm mehr am Herzen lag als alles andere auf der Welt. Er würde nie etwas tun, was das, was sie hatten, gefährden könnte; nicht mit Absicht.

Aber was sonst könnte Risse in dem verursacht haben, das noch kurz zuvor perfekt gewesen war?

Danny ging gefühlt stundenlang hin und her, und seine Magie brannte durch seine Füße und floss durch den Boden. In seiner Nervosität ließ er sie überall hinströmen, und er wurde erst langsamer, als er begann, sich Sorgen zu machen, er könnte Löcher in den Boden brennen, wenn er zu sehr außer Kontrolle geriet. Es wäre nicht leicht, das den Putzleuten zu erklären ...

Außerdem konnte er nicht einfach weiter auf und ab gehen. Das führte nur dazu, dass der Stress, den er ohnehin schon verspürte, noch größer wurde. Er war ein Mann der Tat. Er musste handeln und durfte nicht zulassen, dass ihn das hier lähmte. Was auch immer das Problem war, er würde es ausfindig machen und es überwinden. Marissa würde wieder ihm gehören.

Er wählte ihre Nummer, und als sie nach ein paar Klingeln nicht ranging, wippte er nervös mit dem Fuß. Schließlich ging die Mailbox an. Zum dritten Mal an diesem Tag.

Also tippte er eine Nachricht. *Liebling, ich mache mir Sorgen um dich. Ist alles in Ordnung*? Er erwog zu erwähnen, dass er zu ihr fahren würde, wenn sie ihn weiterhin ignorierte, entschied sich aber dagegen. Vorerst. Er würde es jedoch tun, wenn sie ihm nicht bald antwortete.

Es tut mir leid, kam ihre Antwort. *Ich habe im Moment einfach viel um die Ohren.*

Danny gefiel nicht, wie vage das war; es könnte alles bedeuten. Viel was? Arbeit, in ihrem Privatleben oder mit ihrer Familie? Sein Drache rumorte in seiner Brust – eines der seltenen Male, in denen er wach genug geworden war, um seine Handlungen zu beeinflussen. Hatte sie jemand anderen gefunden, den sie mehr mochte als ihn? Sein Drache spie heißes Magma in ihm, und Danny wusste, dass das nicht der Fall sein konnte. Marissa war nicht so eine Frau; sie war etwas Besonderes.

War es nur, dass alles zu viel war? Sein Lebensstil, oder war ihre Beziehung zu schnelllebig? Wenn sie etwas Abstand brauchte, musste sie es ihm nur sagen.

Immer noch krank?, schrieb Danny zurück. *Ich werde mir eine Woche freinehmen, um dein persönlicher Heiler zu sein. Küsse und Fußmassagen inklusive.*

Früher hätte eine solche Nachricht sie zum Lächeln gebracht. Jetzt löste ihre Antwort keine Freude in ihm aus. Aber er hatte bereits mit einer derartigen Antwort gerechnet.

Nein, es geht mir gut. Das musst du nicht tun.

Danny seufzte und versuchte es ein weiteres Mal.

Babe, ich weiß nicht, was ich davon halten soll. Habe ich etwas falsch gemacht? Brauchst du etwas Freiraum? Ist etwas mit deiner Familie passiert? Was kann ich tun?

Mein Bruder braucht meine Hilfe.

Es gab zwei Dinge an dieser Nachricht, von denen Danny eine Gänsehaut bekam: Sie versicherte ihm nicht, dass er nichts falsch gemacht hatte. Und sie sagte auch nicht, dass es irgendetwas gab, das er tun könnte, um ihr zu helfen. Hatte er also etwas getan, das sie verletzt hatte, ohne es zu merken? Er kramte in seinem Gedächtnis, ob es da etwas gegeben hatte. Dann kehrte er zu dem zurück, was sie in der Nachricht *tatsächlich* geschrieben hatte.

Du hast mir nie erzählt, dass du einen Bruder hast.

Ihre Antwort kam sofort. *Ja, meine Mom und mein Dad tun auch so, als würde er nicht existieren.*

Dannys Drache stieß ein weiteres, frustriertes Knurren aus. Magie strömte aus seiner Haut in sein Büro und erfüllte es mit ihrem stickigen Dampf. Er keuchte und war kurz davor, sein Handy aus lauter Frust gegen die Fensterscheibe zu werfen, als die Tür aufging. Er beruhigte sich ein wenig, warf Michael aber dennoch einen wütenden Blick zu, als dieser sein Büro betrat.

„Was um alles in der Welt ist in dich gefahren?", schnauzte dieser und machte sich erst gar nicht die Mühe, seine Verärgerung hinter höflichen Fragen zu verbergen. „Deine Magie schickt Beben durch das ganze verdammte Gebäude. Wenn Evan nicht gewesen wäre, hättest du wahrscheinlich schon ein Erdbeben ausgelöst. Reiß dich zusammen!"

Michaels Verhalten reizte Danny maßlos. Wie konnte er es wagen, *ihm* zu sagen, er solle sich beruhigen? Mit Marissa stimmte etwas nicht, und sie wollte ihm nicht sagen, was es war. Danny stürzte sich auf Michael, und die Spitzen seiner Drachenklauen drangen durch seine Finger. Sein Knurren blieb ihm jedoch im Hals stecken, als ihn eine eiskalte Brise erfasste und die Luft zum Klirren brachte. Eisige Magie wirbelte um ihn herum, und die Zeit verlangsamte sich und sperrte Danny in einem endlos erscheinenden Moment ein, der durch Michaels Magie hervorgerufen worden war.

Es endete so schnell, wie es angefangen hatte, und die Zeit lief weiter. Aber Michael stand nicht mehr vor ihm. Danny stürzte ins Leere, schaffte es aber, sich rechtzeitig abzustützen. Er drehte sich um und sah Michael auf der anderen Seite des Büros stehen. Seine Augen glühten in leuchtendem Azurblau, das langsam verblasste, da die Wirkung seiner Magie nachließ. Wellen von Magie wirbelten um ihn, und seine langen Haarsträhnen schwebten hinter ihm. Aber auch sie legten sich langsam wieder.

Die Wut, die in Danny brannte, wurde von der eisigen Kälte unterdrückt. Seine Atemzüge kamen stoßweise, aber er fasste sich, schritt dann zu seinem Schreibtischstuhl und ließ sich mit einem kapitulierenden Seufzer auf ihn fallen.

„Ich habe die Kontrolle verloren“, sagte Danny.

„Das war nicht schwer zu erraten“, erwiderte Michael, und seine Stimme war jetzt viel weicher. „Willst du reden?“

„Es geht um Marissa.“

Michael runzelte die Stirn, und Danny wurde klar, dass er weder ihm noch einem der anderen Jungs ihren Namen genannt hatte. Aber er verstand trotzdem. „Die junge Frau, mit der du zusammen bist. Was ist mit ihr?“

„Irgendetwas stimmt nicht, ich weiß es. Seit ein paar Tagen verhält sie sich seltsam, aber vorher lief zwischen uns alles reibungslos. Ich hatte mich darauf vorbereitet, ihr endlich die Wahrheit zu sagen, weil ich geglaubt habe, dass sie es verkraften wird. Und jetzt ist sie so distanziert, und ich weiß nicht, was ich davon halten soll.“

„Nun, die Beinahe-Zerstörung unseres Firmengebäudes ist wohl Beweis genug, dass du manchmal ein bisschen heftig werden kannst. Ich bin vielleicht nicht der Geeignetste, um dir Beziehungstipps zu geben, aber es ist möglich, dass ihr beide die Absichten des jeweils anderen völlig unterschiedlich interpretiert habt. Vielleicht wollt ihr nicht das Gleiche. Oder du hast aus Versehen zu sehr den Macho-Drachen raushängen lassen.“

„Nein. Ich bin sehr vorsichtig gewesen. Ich habe meiner Drachennatur nur einmal freien Lauf gelassen, und da war sie gerade etwas abgelenkt“, sagte Danny und schüttelte das Bild von Marissa ab, wie er sie an die Fenster seines Wohnzimmers gedrückt hatte. „Wir waren fest zusammen. Ich weiß nicht, wie man das fehlinterpretieren könnte."

„Wenn du der Meinung bist, dass du nichts falsch gemacht hast, dann …" Michael legte nachdenklich den Kopf schief. „Wenn zwei Menschen sich mögen, sind die Kräfte, die versuchen, sie voneinander fernzuhalten, außerhalb ihrer Kontrolle. Du hast alles, was in deiner Macht steht, getan, damit sie bei dir ist, aber etwas zieht sie in die entgegengesetzte Richtung. Wenn du sie behalten willst, musst du herausfinden, was das ist und warum, damit du es wieder richten kannst, bevor es eine so große Kluft zwischen euch reißt, dass du nicht mal als Drache darüberfliegen könntest."

Danny nickte angesichts von Michaels Weisheit. „Du bist vielleicht nicht der Geeignetste für Beziehungstipps, aber du bist der weiseste und besonnenste Mann, den ich kenne."

„Du wirst es herausfinden. Ich weiß es", sagte Michael und drückte Dannys Schulter. „Aber wenn du das nächste Mal wütend wirst, versuch nicht, InnoCell mit runterzuziehen."

Sie lachten gemeinsam, und dann war Michael weg. Er war wieder allein, um darüber nachzudenken, was zum Teufel zwischen ihn und Marissa geraten war. Wenn diese Sache mit ihrem Bruder stimmte – könnte das der Grund sein? Marissa hatte ihn noch nie angelogen, und er war ziemlich gut darin, zu erkennen, wenn jemand nicht ehrlich war. Aber normalerweise nur dank seiner Magie, und diese funktionierte bei ihr überhaupt nicht.

Aber das mit ihrem Bruder war der erste konkrete Grund gewesen, den sie ihm genannt hatte, warum sie sich nicht sehen konnten. Er kam zu dem Schluss, dass es wahrscheinlich stimmte, allerdings nicht der wahre Grund war, warum sie ihm aus dem Weg ging. Es war nur eine bequeme Ausrede.

Wann kann ich dich wiedersehen?, schrieb Danny ihr, nachdem sich sein Kopf etwas abgekühlt hatte.

Es dauerte lange, bis sie antwortete, aber als sie es tat, versetzte es Dannys Herz einen Stich:

Ich glaube nicht, dass es gut wäre, wenn wir uns wiedersehen.

Nein. Nein, das würde er nicht akzeptieren. Er würde sie ausfindig machen, und sie würden miteinander reden. Nichts, was sie ihm sagen könnte, würde als Grund ausreichen, mit ihm Schluss zu machen. Es sei denn ... Es sei denn, sie empfand nicht das Gleiche für ihn wie er für sie.

Aber er weigerte sich, das zu glauben, bis er mit ihr gesprochen hatte.

13

MARISSA

Das Blackfall-Einkaufszentrum war an diesem Samstagnachmittag rappelvoll, und die Freude all der Menschen, ihre Energie und ihr Lachen hoben Marissas Stimmung ein wenig, auch wenn sie in ihrer Blase aus Trübsal dahinschritt. Sie lebte jetzt seit etwa zwei Monaten in Blackfall, aber sie hatte die Stadt kaum erkundet. Wann immer sie nicht gearbeitet hatte, war sie bei Danny gewesen. Er hatte jede Minute ihrer Freizeit in Anspruch genommen – und sie hatte ihm sie bereitwillig gegeben.

Wenn sie jedoch ohne ihn leben wollte, musste sie mehr über die Stadt erfahren – auf eigene Faust. Das Einkaufszentrum schien ein guter Ort für den Anfang zu sein. Menschenmassen, die nichts von Marissas Schmerz wussten, zogen an ihr vorbei, während sie von Geschäft zu Geschäft wanderte. Keiner von ihnen konnte die Entscheidung erahnen, die auf ihren Schultern lastete.

Danny war der perfekte Mann: ein intelligenter Philanthrop, ein skrupelloser Geschäftsmann, ein Playboy, der sich in einen liebevollen Partner verwandelt hatte. Marissa war an manchen Tagen erstaunt gewesen, dass er es geschafft hatte, trotz seines vollen Terminkalenders so viel Zeit mit ihr zu verbringen. Wie sollte er da noch ein Kind unterbekommen? Gar nicht. Seine Arbeit war viel zu fordernd.

Wahrscheinlich würde er Marissa sagen, dass sie es abtreiben sollte, oder er würde sie verlassen. Aber wie sollte sie sich für einen der beiden entscheiden? Sie liebte Danny. Endlich wusste sie, wie sie die unbekannten, intensiven Gefühle, die in ihr tobten, in Worte fassen sollte. Dieses Baby allerdings ... Es war gerade erst im Entstehen, ein kleines etwas, das in ihr heranwuchs, aber sie liebte es auch. Wenn Danny sie bitten würde, es abzutreiben, würde sie zugrunde gehen. Das wusste sie.

Also würde sie es ihm gar nicht sagen.

Marissa versuchte, sich mit Kleidung abzulenken. Herrliche Kleider (in die sie bald nicht mehr hineinpassen würde) ließen sie an ihre Dates mit Danny denken, bei denen sie immer versucht hatte, ihn mit ihrer spärlichen Garderobe zu beeindrucken. Was würde er von dieser schwarzen Spitze und dem karmesinroten Satin halten? Sie wusste, dass er Spitze mochte. Vielleicht war das die Art von Kleid, die ihn, wenn sie es auf einer Party mit ihm tragen, würde, dazu bringen würde, sie zu entführen und unter den Sternen mit ihr Liebe zu machen? Oder in einem leeren Zimmer – wo auch immer. Marissa wusste, dass es ihr egal sein würde, solange es mit ihm wäre.

Aber jetzt konnte sie sich das abschminken. Wenn sie ihn für ihr Baby aufgeben würde, würde sie viel mehr verlieren als die dummen Partys, auf die er sie hatte mitnehmen wollen. Wer würde ihre Praxis leiten, wenn sie hochschwanger wäre und sich nicht mehr allein um alles würde kümmern können? Wer würde auf ihr Baby aufpassen, während sie arbeitete?

Gleichzeitig Ärztin und alleinerziehende Mutter sein zu können, war utopisch. Nicht ohne Hilfe, und die hatte sie nicht. Marissa wusste, dass Laura gerne auf ihr Baby aufpassen würde. Aber nach allem, was sie getan hatte, um Marissas Kindheit zu ruinieren, konnte sie ihr nicht vertrauen, dass sie nicht auch die ihres eigenen Kindes ruinieren würde.

Was für ein furchtbares Schlamassel! Und das wurde nur noch dadurch verschlimmert, dass Marissa von vornherein keinen Partner hatte haben wollen. Sie hatte Männer immer als Hindernis für ihre Karriere betrachtet. Und eine Familie zu gründen hatte sie kategorisch abgelehnt.

Und doch: Jetzt, wo sie schwanger war, würde sie alles für Dannys Kind aufgeben. Wenn sie dieses Baby bekommen würde, würde sie nicht die gleichen Fehler wie ihre Mutter machen. Sie würde einen anderen Weg finden, ihre Träume zu verfolgen, einen Weg, der mit der Erziehung eines Kindes vereinbar sein würde. Einen Weg, der sicherstellte, dass sie niemals die Hilfe von jemandem *brauchen* würde, auch nicht die von Danny.

Marissa verließ das Kleidergeschäft und setzte ihren zombiehaften Gang durch das Einkaufszentrum fort. Eine Gruppe kichernder Teenager-Mädchen und mit ihren etwas überfordert wirkenden Freunden schoben sich an ihr vorbei, und sie fragte sich, ob ihre Mutter recht gehabt hatte: Sie hätte sich wenigstens als Teenager und in ihren frühen Zwanzigern in Sachen Beziehungen und Jungs austoben sollen. Vielleicht wäre sie dann gar nicht erst auf Dannys Charme hereingefallen und hätte das Ganze verhindern können.

Ihr Handy surrte, und sie wusste, noch bevor sie auf den Bildschirm schaute, dass es eine weitere Bitte von Danny war. *Bitte, Marissa. Rede mit mir.*

Ihr Kinn zitterte, als sie die Nachricht las, aber sie reagierte nicht. Sie sah weg, irgendwohin, nur nicht auf seine verzweifelte Bitte, und zwang sich, nicht zu weinen.

Dann surrte ihr Handy erneut, und diesmal hörte es nicht auf. Also schaute Marissa doch wieder aufs Display und stellte fest, dass es Laura war. Zwar hatte sie absolut keine Lust, mit ihr zu reden, aber vielleicht war sie genau die Ablenkung, die sie jetzt brauchte. Sie wischte sich über die Augen, räusperte sich, atmete dann tief durch und nahm den Anruf entgegen.

„Hallo, Liebes“, sagte Laura.

„Hi Mom.“

„Wie geht es dir? Ich wollte nur mal nachfragen … Ich weiß, dass du sehr beschäftigt bist, aber ich wollte wissen, ob du dich weiterhin mit dem gut aussehenden Mann getroffen hast. Ich bin gespannt auf weitere Neuigkeiten. Ist dein Freund bereit, dich zu heiraten? Hast du da mal nachgefragt?“

„*Mama*. Er ist nicht mein Freund“, erwiderte Marissa. Ihre Verzweiflung und Traurigkeit von vorhin wurden durch Wut über Lauras Dreistigkeit ersetzt.

„Ich mache mir nur Sorgen um dich …“

„Nein, du machst dir Sorgen um dich selbst. Was ich mit meinem Leben mache, ist meine Sache, nicht deine. Ob ich einen Freund habe oder nicht, oder ob ich irgendwann Kinder habe oder nicht. Das sind *meine* Entscheidungen, und dein ständiges Drängen macht es nur wahrscheinlicher, dass es nie dazu kommen wird.“

Es herrschte langes Schweigen. „Liebes, das tut mir leid. Ich habe nicht gewollt, dass du dich so fühlst.“

„Ich weiß. Aber du musst verstehen, dass du mir nicht mehr alles in meinem Leben vorschreiben kannst. Natürlich kannst du dir Dinge von mir oder für mich wünschen, aber versuche nicht, sie als etwas zu tarnen, das das Beste für mich sein soll, denn das ist es einfach nicht. Was *ich* will, ist das Beste für mich."

„Und was willst du, Liebes?"

Marissas Atem ging nun schneller. „Glücklich sein, Mama."

„Was brauchst du, damit das passiert? Sag es einfach, und ich werde alles in meiner Macht Stehende tun ..."

„Nein, Mom. Ich muss es selbst herausfinden. Was immer ich brauche, es ist ..." Sie dachte an Danny, und ihre Augen begannen zu schmerzen, weil neue Tränen darin brannten. „Ich muss es selbst herausfinden. Aber ich danke dir."

Nachdem sie aufgelegt hatte, betrachtete Marissa eine Zeit lang die Leute. Das war etwas, was sie immer getan hatte, wenn sie während ihres Medizinstudiums müde vom Lernen gewesen war. Aber seit sie nach Blackfall gekommen war, hatte sie keine Zeit mehr dafür gehabt.

Eine junge Mutter mit zwei kleinen Kindern schob sich durch die Regale eines Geschäfts mit Umstandskleidung auf der anderen Seite des Ganges. Die beiden Jungen hüpften herum und machten der Frau das Leben schwer, während diese versuchte, sich aufs Einkaufen zu konzentrieren. Aber als sie ihnen sagte, sie sollten sich benehmen, beruhigten sie sich und klammerten sich stattdessen an ihre Beine. Sie kniete sich nieder und küsste die beiden auf die Stirn. Als sie wieder aufgestanden war, kam ein junger Mann von hinten, umarmte einen der Jungen und gab der Mutter einen raschen Kuss.

Während sie sie beobachtete, liefen die Tränen, die Marissa hatte zurückhalten wollen, über ihre Wangen. Warum hatte sie das nicht haben können, als sie ein Kind gewesen war? Warum würde sie das ihrem Kind auch nicht bieten können?

Weil das Leben nicht fair war. So war sie nun mal aufgewachsen, und sie wusste, dass das die Realität war.

Aber das bedeutete nicht, dass sie sich nicht etwas mehr wünschen könnte. Sie sah zu, wie die Familie im Gewimmel des Einkaufszentrums verschwand. Marissa blieb mit ihrer Sehnsucht nach Dannys Liebe und der Liebe zu ihrem Kind zurück. Sie würde sich für eines von beiden entscheiden müssen. Aber sie war sich sicher, dass Danny dieses Kind nicht würde haben wollen, genau wie ihre Eltern sie nicht gewollt hatten. Also würde er *sie* auch nicht haben wollen.

14

DANNY

Danny hatte vergangene Woche erfolglos versucht, Marissa per Handy zu erreichen. Langsam machte sich Verzweiflung in ihm breit. Er hatte sich vorgenommen, dass er ihre Wohnung erst dann stürmen würde, wenn das die absolut letzte Möglichkeit war – und nun war es so weit. Bislang hatte sie keinen seiner Anrufe angenommen, und wenn sie auf seine Nachrichten geantwortet hatte – wenn überhaupt –, waren es belanglose Sätze gewesen, die Danny nicht weitergeholfen hatten.

Danny konnte so nicht weitermachen; ohne zu wissen, was er getan hatte, um sie zu verlieren, und ohne zu wissen, wie er sie zurückerobern könnte. Er musste sie finden und die Wahrheit erfahren.

Er wartete in seinem Tesla auf der Straße, direkt vor ihrer Wohnung. Marissa würde jetzt in der Arbeit sein, aber er wusste, dass sie normalerweise zu Fuß dorthin und zurück nach Hause ging, da es so nah war. Jeden Augenblick würde sie den Bürgersteig hinuntergehen, und er würde mit ihr reden und endlich erfahren, was los war. Niemand hatte ihm je widerstehen können und ihm immer gesagt, was er hatte wissen müssen, wenn er mit seiner Magie konfrontiert gewesen war. Bei Marissa jedoch zeigte sie keinerlei Wirkung.

Er konnte nur hoffen, dass seine Liebe zu ihr ausreichen würde, damit sie ihm die Wahrheit sagte.

Marissas zierliche Gestalt bog um die Ecke, und Danny spannte sich an, als sie näher kam. Sie bemerkte ihn nicht, aber er bemerkte alles an ihr: Wie sich tiefe Schatten unter ihre Augen gegraben hatten, entweder aufgrund einer Krankheit oder wegen Schlafmangels. Vielleicht beides. Jedenfalls sah sie erschöpft und ausgelaugt aus, als wäre alles Leben, das sie einst erfüllt hatte, von einem bösartigen Monster ausgesaugt worden.

Was Danny in diesem Augenblick davon abhielt, aus dem Auto auszusteigen, war die Angst, dass *er* dieses bösartige Monster war. Hatte ihr die Beziehung mit ihm irgendeinen körperlichen Schaden zugefügt? Oder hasste sie ihn einfach so sehr?

Danny schob diese absurden Gedanken beiseite. Nein, wenn sie ihre Abneigung ihm gegenüber vor ihm hätte verbergen wollen, hätte er das schon längst gespürt. All das hatte sich erst seit ihrem letzten Treffen entwickelt. Er dachte daran, was Marissa über ihren Bruder gesagt hatte, und fragte sich, ob es etwas damit zu tun hatte.

Sie war nur noch ein paar Meter von seiner Autotür entfernt, als Danny diese plötzlich aufmachte, ausstieg und sich vor sie stellte. Marissa erbleichte bei seinem Anblick und wich einen Schritt zurück. Sie war erschrocken, aber offenbar nicht *vor* ihm, also hoffte er, dass sie stehen bleiben würde.

Sie umklammerte ihre Handtasche. „Danny, du solltest nicht hier sein. Ich sagte ... Ich sagte dir doch, dass ich dich nicht wieder sehen will.“

„Nein, du hast gesagt, dass du es für besser hältst, wenn wir uns nicht mehr sehen. Nicht, dass du es nicht willst."

„Es spielt keine Rolle, wenn das Endergebnis das gleiche ist." Marissa versuchte, an ihm vorbeizugehen, aber er hielt sie auf, indem er seine Hände auf ihre Schultern legte.

„Bitte, Marissa. Sag mir, was passiert ist. Was ich falsch gemacht habe."

Ihre Lippen bebten. „Es liegt nicht an dir, Danny. Ich habe nur ..." Sie schniefte. „Bitte, es ist einfacher, wenn wir einfach ... wenn wir einfach alles vergessen."

„Das werde ich nicht tun, es sei denn, du befiehlst es mir. Wenn du nicht mehr mit mir zusammen sein willst, dann brauchst du es mir nur ins Gesicht zu sagen, und ich werde gehen. Ich werde deinen Wunsch respektieren und gehen."

„Bitte, Danny." Sie weinte jetzt und sackte in sich zusammen.

Sie wollte, dass er wieder ging, aber sagte ihm nicht, dass sie nicht mehr mit ihm zusammen sein wollte. *Warum*?

„Marissa", sagte Danny, und seine Hände wanderten von ihren Schultern über ihre Arme hinunter zu ihrer Taille. Er zog sie dicht an sich heran, und sie wehrte sich nicht, schlang aber auch nicht die Arme um ihn. Sie duftete heute nach Rosen, elegant und geschmackvoll, genau wie sie selbst. Er atmete ihren Duft ein, hielt sie fester und hatte Angst, dass dies das letzte Mal sein könnte, dass er das tat. „Wenn es etwas mit deinem Bruder ist, sag es mir. Deine Familie ist auch meine Familie. Ich würde alles für sie tun, so wie ich alles für dich tun würde. Was auch immer passiert ist, ich werde es in Ordnung bringen. Du musst es mir nur sagen."

„Ich ... Ich will nicht in Ordnung gebracht werden."

Danny sah sie an und war angesichts der Mischung aus

Angst und Verzweiflung auf ihrem Gesicht verwirrt. Sie versuchte, sich aus seiner Umarmung zu lösen, als sie merkte, dass sie ungewollt etwas verraten hatte.

„Was meinst du damit?", flüsterte er. „Ich will nichts an dir ändern, Marissa. Ich liebe dich."

Daraufhin brach sie völlig zusammen. Tränen liefen ihr übers Gesicht, und sie taumelte nach vorne und schluchzte gegen seine Brust. Er fuhr mit einer Hand ihren Rücken entlang und versuchte, ihren Schmerz zu lindern. Er wünschte nur, er wüsste, was ihr solche Qualen bereitete.

„Bitte, Marissa. Sag mir, was los ist", sagte er.

„Ich bin", hob sie an, und ihre Worte wurden teilweise durch seine Kleidung gedämpft. „Ich bin schwanger, Danny."

Er erstarrte, und Marissa spürte es und versuchte, sich von ihm loszureißen. Aber trotz seines Schocks ließ er sie nicht los. Nicht ein einziges Mal hatte er es für möglich gehalten, dass sie *schwanger* sein könnte. Aber jetzt fügte sich alles zusammen: ihre plötzliche Übelkeit, dass sie weniger Wein getrunken hatte, ihre Distanzierung. Danny hatte nie darüber nachgedacht, ob er Kinder haben wollte. Er hatte es als etwas abgetan, das für ihn nie infrage kommen würde, weil er nie jemanden gefunden hatte, mit dem er welche hatte haben wollen. Aber Marissa ...

Danny fiel auf die Knie und drückte sein Gesicht an ihren Bauch. Es fühlte sich genauso an wie immer, aber irgendwie spürte er, dass sie recht hatte. In ihr wuchs etwas Winziges, Wunderschönes, genauso schön wie die werdende Mutter; etwas, das sie *beide* geschaffen hatten.

„Du bist schwanger?", flüsterte er und küsste ihren Bauch.

Marissa stieß einen erstickten Schluchzer aus. „Du bist nicht wütend?"

„Warum sollte ich wütend sein? Marissa ... Oh, Marissa, ich habe noch nie jemanden so geliebt, wie ich dich liebe. Warum sollte ich jemals ...“

Er stand wieder auf, zog sie an sich, küsste ihre Haare, ihre Schläfen, ihre Stirn.

„Ich hätte nicht gedacht, dass du dich darüber freust“, sagte sie. „Ich dachte ... Ich dachte ...“

„Schhh ... Es ist alles in Ordnung. Ich werde nirgendwo hingehen, Marissa. Niemals.“

Wenn überhaupt, dann war Danny verärgert, dass sie es ihm vorenthalten hatte, dass sie angenommen hatte, er würde nichts mit seinem Kind zu tun haben wollen. Er war zu Tode besorgt gewesen, dass er etwas unfassbar Falsches getan hatte, nur um festzustellen, dass sie beide es stattdessen geschafft hatten, etwas so unfassbar Richtiges zu tun.

Aber wenn er ein Kind mit Marissa haben wollte, musste er ihr die Wahrheit darüber sagen, was er war. Es spielte keine Rolle mehr, wie sehr er sich fürchtete. Es durfte keine Geheimnisse mehr zwischen ihnen geben.

ALS SIE IN Marissas Wohnung waren, aneinander gekuschelt in ihrem Bett, mit etwas Tee, begann sie sich zu beruhigen. Danny streichelte ihre Haare, während sie sich entspannte und langsam wieder sie selbst wurde. Sie sah immer noch erschöpft aus, und zwar so sehr, dass sich das mit ein paar Minuten im Bett nicht ändern würde. Sie musste wieder einige Zeit in Dannys Armen verbringen, sich ausruhen und sich von ihm heilen lassen. Genau so, wie auch er sie brauchte, um richtig zu heilen.

„Was wolltest du mir sagen?“, fragte sie nach einer Weile und streichelte Dannys Hals.

„Ich wollte es dir schon lange sagen, Marissa. Ich bin …“, er brach den Satz ab, unsicher, wo er anfangen sollte.

„Sag mir nicht, dass du auch schwanger bist.“

Danny grinste und küsste sie auf den Kopf. „Ich bin froh, dass etwas von deinem Humor zurückgekehrt ist.“

„Was immer es ist, sag es mir einfach. Wenn du mit der Tatsache, dass ich ein Kind erwarte, umgehen kannst, kann ich auch mit dem umgehen, was du mir zu sagen hast.“

Er war sich nicht ganz sicher, wo die Tatsache, dass er ein Drachen-Gestaltwandler war, im Vergleich zu einer ungeplanten Schwangerschaft auf der Skala der „schwierig zu kommunizierenden Geheimnisse“ einzuordnen war. Aber das spielte jetzt keine Rolle. Jetzt konnte Danny nur hoffen, dass Marissa ihm glauben und ihn so akzeptieren würde, wie er war.

„Marissa … als ich über meine Mutter gesprochen habe, als wir das letzte Mal zusammen waren … als ich sagte, dass sie die meiste Zeit über ein Teil von einer anderen Welt war, meinte ich das nicht im übertragenen Sinne. Ich meinte, dass die Welt, die du kennst, nur die halbe Wahrheit ist. Verborgen unter dem, was wir als die Realität bezeichnen, gibt es etwas ganz anderes, und das ist es, wo sie herkommt. Da komme auch ich her.“

Danny hielt inne und wollte fortfahren, aber er wartete erst, bis Marissa das verarbeitet hatte.

„Du meinst wie … ein Geheimbund oder so?“, fragte sie.

„Nun … ja und nein. Es ist ein Geheimnis. Es gibt so etwas wie eine geheime Gesellschaft. Aber was ich wirklich meine, ist, dass ich kein Mensch bin. Meine Mutter war kein Mensch. Wir sind …"

Er zwang sich dazu, die letzten Worte herauszubekommen. Jetzt, wo er hier war, der Moment der Wahrheit, zögerte er.

Marissa kniff ihn leicht in den Arm. „Du kommst mir ziemlich menschlich vor", sagte sie und versuchte dann, sich etwas zu drehen, um ihm einen Kuss zu geben. Er wollte sie in seine Arme schließen und sie für immer küssen, aber er konnte jetzt keinen Rückzieher machen. Sie musste die ganze Wahrheit erkennen – zu ihrer Sicherheit und derjenigen ihres Babys.

Danny löste sich von ihr und schluckte den Kloß in seiner Kehle hinunter. Dann hob er die Arme ein wenig, sodass sie einen Hauch seiner Drachenessenz in Form von zarten Drachenschuppen auf seiner Haut sehen konnte.

Ein leises Keuchen drang aus ihrer Kehle, aber anstatt zurückzuweichen, streckte sie die Hand aus und strich mit den Fingern über seine glatten, warmen Schuppen, die sich entlang seines Arms hinaufzogen. „Du bist … du bist ein Drache!"

„Hast du Angst?", flüsterte er.

Sie sah zu ihm auf und begegnete seinem Blick. Geschmolzene Magie strömte durch seine Adern und enthüllte die wahre, rubinrote Farbe seiner Augen; er sah, wie sie sich in dem neugierigen Blau von Marissas Augen spiegelte. „Nein."

Er glaubte ihr.

„Wird unser Baby so sein wie du?", fragte sie.

„Ja."

Daraufhin lachte sie. „*Jetzt* habe ich Angst."

Danny zog sie wieder an sich, und sein Herz floss über vor Liebe und Freude. Die ganze Zeit über hatten sie sich beide wegen nichts Sorgen gemacht. Ihre Liebe war stark genug, um alles zu überstehen, sogar die Möglichkeit eines furchterregenden Drachenwandler-Babys. Ihre Lippen berührten sich. Sie waren wie zwei Magnete, die auch über eine große Distanz hinweg zueinanderfanden. Die Berührung ließ ihn vor Glück innerlich in Flammen aufgehen.

Als sie ihm endlich erlaubte, den Kuss zu unterbrechen, schmiegten sie sich aneinander und genossen die Gegenwart des jeweils anderen. Danny wollte ihr auf der Stelle zeigen, wie sehr und bedingungslos er sie liebte. Aber nach allem, was sie an diesem Tag erlebt hatten, würde er es etwas langsamer angehen lassen müssen.

„Da ist noch eine Sache", sagte Danny, bevor Marissa Gelegenheit hatte, einzuschlafen. „Wir Gestaltwandler ... Es gibt Geschichten darüber, dass wir irgendwann in unserem Leben jemanden finden, der in jeder Hinsicht perfekt für uns ist. Jemanden, der das fehlende Stück zu unserer Seele bildet, einen Gefährten. Aber für uns Drachen ist es ein wenig anders, da wir unsterblich sind. Unsere Gefährten werden auch unsterblich." Er räusperte sich. „Marissa, du bist meine Gefährtin. Und wenn du mich haben willst ..."

„... werde auch ich unsterblich sein", beendete sie seinen Satz. Danny schloss die Augen und drückte sie fest an sich, während er darauf wartete, was sie noch sagen würde. „Ewig zu leben klingt gar nicht so schlecht, wenn ich diese ganze Zeit mit dir verbringen darf. Ich liebe dich."

„Ich liebe dich auch."

Danny hielt Marissa in seinen Armen und fürchtete, dass ihm, wenn er sie losließe, alles, was sie gemeinsam aufgebaut und wieder zusammengefügt hatten, wieder genommen würde. Aber ein anderer Teil von ihm war optimistisch: dass der morgige Tag der Beginn einer ganz neuen Zukunft für sie beide sein würde.

15

MARISSA

Sie wachte auf, da Danny sanft an ihrem Ohr saugte.

„Mmmm“, machte sie, noch nicht ganz wach genug für mehr. Sie keuchte, als seine Finger von hinten zwischen ihre Beine glitten. „Danny ...“

„Entspann dich einfach. Nach allem, was du durchgemacht hast, sollte meine schöne Gefährtin etwas Liebe und Zärtlichkeit genießen.“

Dem konnte Marissa nicht widersprechen: Es war eine turbulente Woche gewesen. Aber die Tatsache, dass sie hier war, jetzt, mit Danny, sogar mit einem Baby in ihrem Bauch, bedeutete, dass alles gut werden würde. Sie entspannte sich in Dannys Armen und überließ ihm die Kontrolle, zu schläfrig, um mehr zu tun, als ihn mit ihr machen zu lassen, was er wollte.

Er streichelte sie sanft, aber mit kundigen Fingern, und weckte sie schnell auf, indem er mit ihrer Klitoris spielte und Wellen der Lust durch sie hindurch sandte. Und schon verzehrte sie sich nach ihm. Nachdem sie ihn einen Monat lang hatte haben können, wann immer sie wollte, war die letzte Woche ohne ihn reinste Folter gewesen. Seine Berührung erinnerte sie daran, wie sehr sie ihn vermisst, wie sehr sie ihn gebraucht hatte.

Danny fingerte sie allerdings nicht weiter, sondern hatte sie nur ein wenig auf Touren bringen wollen. Er drehte sie auf den Rücken und rutschte unter der Decke an ihr herunter. Er knabberte an ihrem Oberschenkel, und sie bebte erwartungsvoll. Dann erreichte er ihre bereits feuchten Schamlippen und küsste sie. Marissa unterdrückte ein Stöhnen, als er sie leckte und an ihnen saugte und in ihr Verlangen nach mehr entfachte. Er ließ sich Zeit, und erst nachdem er jeden Zentimeter der äußeren Falten ihrer Vulva mit seiner Zunge erforscht hatte, machte er mit ihrer Klitoris weiter.

„Oooh …“, keuchte sie, als er sie mit dem Mund bedeckte und sie zwischen die Lippen nahm.

Marissas Rücken wölbte sich, und sie drückte ihre Hüften nach oben und vergrub sein Gesicht zwischen ihren Beinen. Als sie ihre Beine um seinen Kopf schlang, spürte sie, wie er gegen sie stöhnte. Er packte ihre Hüften und hielt sie genau an der richtigen Stelle, während er mit seiner Zunge tiefer in sie eintauchte und ein Feuerwerk in ihrem Unterleib entfachte. Endlich explodierte sie, und Wellen von unerträglicher Hitze durchströmten sie. Sie schlug die Decke weg, und als sie nach Dannys vollbrachtem Werk aufgehört hatte zu beben, löste sie ihre Beine von seinem Hals.

Er schnappte nach Luft, aber zunächst küsste er sie noch einmal auf die Klitoris. Dann legte er sich auf sie. Marissa schmeckte sich selbst auf seinen Lippen, aber das hielt sie nicht davon ab, ihn leidenschaftlich zu küssen, hungrig nach mehr.

„Ich hoffe, du bist noch nicht fertig“, flüsterte sie gegen seine Lippen.

„Und ich dachte, ich wäre unersättlich, Liebling“, erwiderte Danny. Er küsste sie heftiger und begann an ihrer Unterlippe zu saugen, als er seine Hüften ein wenig näher an ihre schob. Sein harter Schwanz drückte sich zwischen ihre Beine, ihre Schamlippen umschlossen seinen Schaft. „Ich tue immer mein Bestes, um dich glücklich zu sehen.“

„Mehr“, keuchte Marissa. „Es ist schon so lange her. Ich brauche dich, Danny.“

Er glitt in sie hinein, und Marissa ließ sich zurück auf die Kissen fallen. Danny legte sich auf sie, schlang die Arme um sie und hielt sie fest, während er in sie hineinstieß. Ihr Atem vermischte sich mit seinem, und ebenso ihre Lust mit der seinen. Er hob sie hinauf in die Wolken, zog sie vom Bett und an einen ruhigen Ort, an dem nur sie beide existierten – sowie ihr Verlangen und ihre Liebe füreinander, die miteinander verschmolzen.

Marissa konnte kaum glauben, wie viel sich verändert hatte, seit sie nach Blackfall gezogen war und Danny kennengelernt hatte. Er hatte ihre ganze Welt auseinandergerissen, nur um sie in Form von etwas Größerem und Besserem wieder zusammenzufügen. Obwohl sie noch nicht ganz verstand, was es bedeutete, die Gefährtin eines Drachen-Gestaltwandlers zu sein, so wusste sie dennoch, dass alles so werden würde, wie es sollte, solange sie Danny hatte, der sie hindurchführte.

Danny befriedigte ihre Lust und ihr Verlangen nach ihm, und jeder Stoß trieb sie beide näher zu ihrem gemeinsamen Höhepunkt. Er biss in ihren Hals, und durch ihre halb geschlossenen Lider sah Marissa, wie sich vereinzelte Drachenschuppen auf seiner Haut ausbreiteten, als seine Drachennatur an die Oberfläche kroch. Marissa lehnte sich zurück und stöhnte laut auf, als er ein weiteres Mal in sie stieß und sich die Spiralen der Lust in ihr auf die wohl schönste Weise auflösten.

„Oh, Gott. Oh, *Gott*“, schrie sie und strich mit ihren Nägeln über Dannys Rücken, während sie kam. Er stöhnte mit zusammengebissenen Zähnen und stieß, so tief er konnte, in sie hinein, als ihr Liebesspiel den Höhepunkt erreichte und die Wellen der Lust dann langsam verebbten.

Marissa schnappte nach Luft, und Danny stöhnte zufrieden. Er zog sie neben sich, hielt sie fest und beschützte sie und ihr ungeborenes Kind. Sie wusste, dass er das von nun an immer tun würde. Sie hatte nie einen Partner oder eine Familie haben wollen, aber nun würde sie bald beides haben – und sie konnte sich keine andere Zukunft mehr vorstellen.

EPILOG – DANNY

Er wiegte seine Tochter Amy in den Armen. Selbst mit ihren vier Monaten war sie noch winzig, aber dennoch bereits der schönste Mensch der Welt – abgesehen von ihrer Mutter natürlich. Mit ihren funkelnden, blauen Augen und dem hellblonden Haar ähnelte sie Marissa, vor allem auch im Hinblick auf deren Sturheit und Unabhängigkeit. Er gurrte, und Amy kicherte und klatschte in die Händchen.

„Hach, du kannst so gut mit ihr umgehen", flüsterte Marissa. Sie beugte sich vor, um Amy in den Arm zu nehmen, und drückte ihr dabei einen Kuss auf die Stirn. „Komm, Oma ist da."

Danny legte seinen Arm um Marissas Taille, als die Frau, die fast wie Marissas ältere Zwillingsschwester aussah, zu ihnen ins Wohnzimmer trat. Es war das zweite Mal, dass sie die kleine Amy sah, und ihr Gesicht leuchtete vor Freude auf. Danny wusste, dass sie sich gut verstehen würden.

„Oh, mein ... was für ein kleiner Schatz", rief Laura und nahm Amy aus Marissas ausgestreckten Armen. „Hallo, meine Kleine."

Marissa berührte Amys Nase. „Da ist Oma, mein kostbares Juwel."

Amy gluckste und lachte und griff nach Lauras Nase. Beide gingen so liebevoll miteinander um, dass Danny dahinschmolz und Marissa wieder an sich zog. Er küsste sie auf die Wange, überwältigt von all der Liebe. Er hätte sich keine perfektere Familie wünschen können.

ENDE

ÜBER JADA COX

Jada Cox ist völlig vernarrt in diese drei Dinge: ihren zauberhaften Sohn, ihren gut aussehenden Ehemann, der einem Bärengestaltwandler zum Verwechseln ähnlich sieht, und in das Schreiben von Gestaltwandler-Liebesgeschichten. Sie hat das große Glück, dass all diese Dinge Teil ihres Lebens sind! In Jada Cox Büchern wimmelt es von starken Frauen, super-sexy Gestaltwandlern und rasanten Actionszenen. Werfe auch einen Blick in ihre Bücher und tauche ein in diese faszinierende Welt.

Besuche meine Autorenseite auf Amazon und klicke auf "Folgen", um Benachrichtigungen zu Neuerscheinungen zu erhalten.

Für noch mehr Updates, Previews und Angebote besuche und like meine Facebookseite.

BÜCHER VON JADA COX

“Drachen-Schatzinsel” Buchreihe

Eine warme, herrliche Insel voller Edelsteine, Gold und ... heißer Drachen. Ja, das ist der Stoff, aus dem Frauenträume gemacht sind. Diese Drachen bewachen die Insel und ihre Schätze, aber wenn sie die Frau erblicken, für die sie bestimmt sind, haben sie ganz andere Dinge im Kopf: sich zu paaren, sie zu beschützen, koste es, was es wolle – und ein Kind zu zeugen ...

Perlendrache
Golddrache
Saphirdrache
Rubindrache
Diamantdrache
Opaldrache

“Drachen-Milliardärsimperium” Buchreihe

Sechs heiße Drachen, die den Himmel und die Herzen

der Frauen beherrschen … Willkommen beim Drachen-Milliardärsimperium, wo Geld, Ruhm und Reichtum nur das Fundament für etwas viel Größeres bilden: leidenschaftliche Liebe und magische Gefährtenverbindungen.

Magmadrache
Eisdrache
Donnerdrache
Bergdrache
Schattendrache
Eisendrache

"Villa der Drachen" Buchreihe

In „Villa der Drachen" geht es um sechs super-sexy, muskelbepackte Drachen, die jede Frau dahinschmelzen lassen und andere Männer neidisch machen. Sobald du ihr vor Testosteron triefendes Haus betrittst, ist es um dich geschehen. Also lass dir eines gesagt sein: Geh nie dort hinein. Besonders nicht allein.

Milliardär Drache
Böser Drache
Großer Drache
Dreister Drache
Feuriger Drache
Dominanter Drache

"Elementardrachen" Buchreihe

„Elementardrachen" ist eine Buchreihe mit paranormalen Liebesgeschichten über sechs sehr heiße Drachenbrüder mit ausgeprägtem Beschützerinstinkt, die alles dafür tun würden, um ihre Seelengefährtinnen vor Unheil zu bewahren.

Des Drachen Nanny
Des Drachen Baby
Des Drachen Leihmutter
Des Drachen vorgetäuschte Freundin
Die drei Gefährten der Drachin